猿來如此救群仙

才高八斗喊救命，七步成詩大救星
揭開李白、韓愈、曹植等人的寫作大祕密

林哲璋——著
BO2——繪

推薦語

愈讀愈生動的古人大作家！

林哲瑋老師的作品在教學現場受到孩子們的熱烈歡迎，而新作《猿來如此救群仙》竟然用偵探小說式的故事寫法，一層層剝開古人詩詞作品裡的祕密，「床前明月光」竟然有古怪？「一蓑煙雨任平生」是蘇東坡放大家鴿子？加上歷史典故、歷史人物、幻想角色……啊哈！原來可以這樣解讀，輕鬆閱讀之間，跟著哲瑋老師的狂想，不知不覺讀進了詩、詞、古人故事，如數家珍！

——《小學生的調查任務：發現驚奇圖書館》作者／小學資深教師 **林怡辰**

這是一本令人著迷的文學導覽書，它以知名的經典作品為核心，透過引用其他相關的詩詞，帶領我們踏入一場熱鬧的神仙對話場景，循著「神仙們」一言、一語的探索，我們將逐漸揭開作品的深層內涵，體會古典詩詞的奧祕。書中的角色生動活潑，對話幽默有趣，人物彷彿能跳躍出紙張，教導我們修辭方法，這樣的呈現方式，使得古代偉大作家的詩詞作品，變得非常有趣且易於理解，絕對是孩子不可錯過的必讀之作！

——語文教育書籍暢銷作家 **高詩佳**

故事是發生在天庭圖書館裡面，負責穿針引線、串聯情節的主要人物是齊天大聖孫悟空的後代——猿來如此大仙，簡稱「猿大仙」。他有什麼天大的本事，竟然能幫李白、蘇東坡、韓愈、曹植、紀曉嵐等大文豪，免於被圍毆，甚至地位大復活？

如果你是林哲璋的書迷，讀著他的《屁屁超人》系列和《用點心學校》系列一起長大，讀這本《猿來如此救群仙》，會讓你回味作者的奇思妙想，滿足更上一層樓的閱讀樂趣。或者你是喜愛中國古典文學作品的讀者，透過這本書，可以看作者旁徵博引，串聯中國文學名家和作品，一起和虛構的仙界人士聯手演出，從中享受天馬行空的文學想像力！

——兒童文學工作者 **陳玉金**

中國傳統經典文學的素材改寫常不易引起兒少讀者的閱讀熱情。這其中或許因為傳統經典作品，傳播既強、傾聽既多、仰望既久，容易碰撞到審美心理的邊界，使讀者產生近廟欺神的輕忽厭倦。文化學者余秋雨提及要跨越這種邊界的重大祕訣是「調節」，「不調節，再偉大的對象也必須面對抱歉轉移的眼神」。林哲

璋的這部《猿來如此救群仙》便是以他擅長的戲謔風格，對國語文教材中常見的文人雅士及詩詞典故做大膽的「解構」與「調節」。他以後現代的拼貼、集錦技藝，讓古典文學中的人物角色滑稽嬉鬧的跨越時空對話交手，卻在看似「胡謅鬼扯」中將古典詩詞的原典與修辭，提出合乎學理的詮釋解析。相信本書在哲璋立足於兒童性的詼諧「調節」下，可以重新召喚兒少讀者對古典文學的目光與喜愛。

——國立臺東大學兒童文學研究所教授　**黃雅淳**

現代學生讀古文常是嘆為觀止，先嘆氣再觀看後就停止閱讀。所幸作者練的功很厲害，那就是畢其功於一役。這回，他讓各朝文學名家齊聚天庭圖書館，在處理抗議事件的言辭攻防中，讀者溫故了流傳千古的佳文好詩，知新了彼時創作情境，窺探了逗趣的八卦韻事，激發了滿滿閱讀況味，產出了嘻嘻的笑聲連連，本書拍案驚喜的令人嘆為觀止啊！

文人名家聚一堂，KUSO一下又何妨；讀詩讀文別瞎忙，猿來如此哇So Fun！

——國立清華大學附小教師 **葉惠貞**

前言
齊天大聖酷法寶，猿來如此用這招

話說《西遊記》裡的齊天大聖孫悟空有個最厲害的功夫，被他視為「最後的法寶」，絕對不能交回給天庭的祕密武器——大家猜得到嗎？這項超高級技能可以研究文字的奧妙、讀出故事的趣味，校對書籍、檢查文稿往往能事半功倍，後來還能救死扶傷、濟弱扶傾——解救不少文人大仙、詩人靈魂！

法寶是什麼呢？

據說，人間為此，編排了一段相聲——

〈大聖最後的法寶〉相聲腳本

登場人物：孫悟空（以下簡稱孫）、豬八戒（以下簡稱豬）

孫：孫悟空。

豬：豬八戒。

孫、豬：上臺一鞠躬。

孫（嘆氣）：唉！

豬：師兄，我們到西天取經的旅程結束了，如今在天庭當官逍遙，您嘆什麼氣呢？

孫：師弟有所不知，俗語說「高鳥盡，良弓藏；狡兔死，走狗烹！[1]」如來佛祖剛剛派人通知我，要我把身上的法力、寶貝都存到天庭的「法寶信託保管銀行」，只能留一樣法寶防身。

豬：佛祖考慮的也有道理，師兄您實在太愛用法寶捉弄人啦。

孫（敲豬的頭）：你說什麼？

豬（摸頭苦笑）：對……對不起！那麼，師兄，您決定要留下哪樣法寶呀？

孫：我正在傷腦筋呢！

豬：讓老豬我替您出個主意吧！

孫：你有什麼好建議？

豬：我想「緊箍咒」應該不錯，那是師父送的，非常具有紀念價值！

孫（拿金箍棒敲豬）：我最想放棄的就是這個令人頭痛的玩意！你出什麼餿主意？

1 文句出自於《史記．卷四一．越王句踐世家》，比喻天下平定之後便遺棄功臣，延伸為事情成功之後，有功之人卻遭到殺戮或疏遠。

豬（摸頭苦笑）：好痛呀！那……那就留下金箍棒好了。

孫：這我也想過，但是留下它，龍王缺柱子一天到晚來討，你們想剔牙就照三餐來借，實在很麻煩！

豬（不好意思的抓頭）：不然，留下「七十二變」——可以變成蒼蠅、化作蚊子，不但變化無窮，還能裝神弄鬼。

孫（嘆口氣）：好是好，只是……在這兒天天見到二郎神，總會想起我的七十二變鬥輸他的七十三變——哮天犬，實在很漏氣，還不如讓佛祖收了去。

豬（扯孫的頭髮）：啊！我知道了，就留這個！

孫（抱頭喊痛）：痛死我啦！幹麼扯我頭髮？

豬（指著手中的毛髮）：觀世音菩薩送的三根「救命毫毛」，遇事逢凶化吉，逃命超級好用。

孫：師弟，你太不了解我了。你看我，手有毛、腳有毛，標準的「毛手毛腳」。這三根毫毛留在身上，不過是滄海一粟、九牛一毛。而且，留下救命用的法寶，有損我「齊天大聖」的威名啊！

豬：沒錯！師兄您法力高強，威名遠播……留下法寶用來逃命，傳出去的確不好聽！

孫：我該留下讓妖怪「聞之會色變，聽到就失禁」的法寶！逃命用的玩意就不考慮了！

豬：這樣的話，那留下……筋斗雲好了！

孫：筋斗雲？

豬：是呀！翻一個觔斗，筋斗雲就飛十萬八千里，這寶貝好哇！

孫（狐疑）：留筋斗雲是為了……

豬：逃命呀！

孫（用力敲豬的頭）：就說不留逃命用的寶貝了！你這豬頭！

豬：師兄，我豬八戒的頭，本來就是豬頭啊！

孫：不跟你鬧了，我已經決定——留下「火眼金睛」！

豬：火眼金睛？

孫：沒錯，我覺得「火眼金睛」是最值得留下的法寶。有了它，隨時可以斬妖除魔、殺鬼滅怪！

豬（抓頭不解）：此話怎講？

孫：來，我示範，你配合。

豬：好！

孫（手放眉前，向前望）：我使出火眼金睛……咦！有妖怪！（做打電話狀）
喂，觀世音菩薩嗎？這兒有妖怪，麻煩您過來處理一下。
豬（做接電話狀）：沒問題！大聖，我馬上處理！
孫（手放眉前，向前望）：我使出火眼金睛……咦！有妖怪！（做打電話狀）
喂，南極仙翁嗎？您家的小動物又跑到人間搗亂啦！
豬（做接電話狀）：對不起、對不起！大聖，我立刻抓這畜牲回去！
孫（手放眉前，向前望）：我使出火眼金睛……咦！有妖怪！（做打電話狀）
喂，如來佛祖嗎？這兒有妖怪，麻煩您下凡收妖。
豬（做接電話狀）：ＯＫ！馬上到！（遠望了一下，回撥電話）
孫（做接電話狀）：咦！如來佛祖怎麼回電了……喂，佛祖，怎麼啦？
豬：大聖，不好意思，那個……您剛才看到的不是妖怪……您剛剛經過鏡子前面……您發現的猴妖就是您本人啦！

孫（敲豬的頭）：你別討罵了！

豬：豬八戒。

孫：孫悟空。

孫、豬：下臺一鞠躬！

這項超級法寶「火眼金睛」，後來幸運的傳給了齊天大聖的後代「猿來如此大仙」——他和大聖沾血緣、同基因，在天庭得了個職位，專門受理天庭諸神的申訴抗議，簡稱「猿大仙」。只是啊，猿大仙不像大聖，需要去降妖伏魔，他後來運用這項法寶，在圖書館館長「蠹蟲大仙」（就是最愛啃書、讀書的蟲！）請產假時兼任代理館長。猿大仙發現，不論是負責原來的工作受理申訴、主持正義，還是要在圖書館裡找資料、查典故，都很需要大聖留給他的法寶。若是遇到人家要他寫文章，他用「火眼金睛」，把作品當作別人寫的，一遍又一遍的抓出稿件中的妖魔和鬼怪、矛盾及漏洞，將牠們降伏、逼牠們改正，文章就變得愈來愈好、愈來愈妙。

「猿大仙」的千古名語就是：「每一篇文章都是好文章，差別只在改幾次而已。」

猿來如此大仙如何成為文人大仙的守護神？天庭的圖書館怎麼變成落難神祇的避風港？請各位看官繼續看下去！

第一章

〈靜夜思〉之床的真相(一)

天庭升等不平靜，太白詩仙遭霸凌

「黑白寫！」

「大騙子！」

天庭裡，一群天兵、天將、天仙、天神追打著「天上謫仙人」詩仙李白……

「救命呀！別再打啦！」詩仙李白抱著頭、弓著背、曲著膝、求著饒。

齊天大聖孫悟空的遠房親戚「猿來如此大仙」恰巧經過，趕緊勸開眾仙，問明個中緣由。

醉醺醺的詩仙李白獲救後，挺起身，走路仍搖搖晃晃，講話還支支吾吾，整個人抱著猿大仙邊講邊哭。

「嗚——我要申訴！」詩仙李白揚言告發剛剛欺負他的同事。

「什麼理由？」猿大仙問。

「職場霸凌。」醉詩仙身醉心不醉。

「他們為何霸凌您？如何欺負您？」猿大仙拿出紙筆。

「他們誣賴我說謊，還幫我改可恥的名字、取難聽的綽號！」詩仙李白指著剛剛動手的眾神，委屈的說。

「改名字？取綽號？」猿大仙要求進一步說明。

「大家都知道我姓李，名白，字太白……他們偏偏要說我是『白』賊七的『白』。我堅決否認，他們就把我的名字『李白』改成李白『目』，字太白『目』……」

「什麼？這麼胡鬧？」猿大仙噗嗤一笑，心想：「這位在人間被稱為『天上謫仙人』的『詩仙』李白，怎麼會淪落到如此窘境？」

「我也不知道……我那些同事到底是吃錯了什麼藥？吞下了什麼蟲？」詩仙又飲了一口酒，哽咽訴苦楚。

同事見詩仙告狀，紛紛上前怒斥：「我們參加天庭升等考試，試卷裡考了一題李大詩仙的詩作〈靜夜思〉，結果每個考『仙』都答錯。我們不服，找來作者本人問答案，想不到連他自己都答不出來。你看，我們是不是錯得太冤枉？」

「對呀！要是他說出答案，我們還可以拿去討公道、要分數……如果官方標準答案根本不是作者的想法，這一題說不定可以送分——本來不及格的，都能上榜，上榜不但可以升官，還可以加薪！」眾仙你一句、我一句。

「那到底題目是什麼？」猿大仙也十分好奇。

「翻譯名詩〈靜夜思〉『床前明月光，疑似地上霜，舉頭望明月，低頭思故鄉。』」眾考仙委屈的說：「我們寫到一半，突然發現：睡在房間的床上，怎麼『舉頭望明月』呢？舉頭不是只能看到天花板嗎？所以我們提出異議，卻被考官駁回，害我們名落孫山、高分落榜、心情低落、情緒失落、受人冷落、美好前途完全沒著落……」

「他們不說，我還沒想過……」猿大仙一邊唸詩，一邊轉向李白：「李大詩仙，您那天上人間耳熟能詳的名詩〈靜夜思〉，詩中的『床』，真的是指房間裡睡覺的床嗎？」

「呃……可能是……」醉了的詩仙聳了聳肩、抓了抓頭，把帽子都快抓掉了。

「胡說八道！」

「信口開河！」

「無的放矢！」

「亂七八糟！」

「……你躺在床上，眼睛只看得到天花板，哪來的明月光、哪來的地上霜、哪來的望明月？難道唐朝有玻璃屋頂、透明天花板？還是你住的是現代民宿頂樓星空房？你詩亂寫、字亂解，小心鼻子會變長！」眾考仙忿忿不平。

「猿大仙，你看看他們哪……」李白哭了起來，「眼淚」與「鼻涕」齊流，「面紅」共「耳赤」一色……

「那您就解釋呀！難道您不清楚自己躺在什麼床上？您就如實的把寫詩當時的人、事、時、地、物交代清楚不就好了——反正您有憑有據說出道理，就不怕別人無緣無故找您麻煩。」猿大仙理性分析、客觀建言。

「我也想呀！」詩仙李白慚愧低下頭說：「但是，我上天庭那時，瞥見投胎的隊伍正在領飲料，當時我正好酒癮犯了、口渴難耐，上前要了一杯喝，結果黃湯下肚，人世間的事，我竟忘了大部分……」

「天哪，您喝的是抹除前世記憶專用的『孟婆湯』吧！真是喝酒多誤事呀！」猿大仙拍著腦袋，嘆著氣說：「想當初您酒醉硬逼高力士幫您脫鞋，在官場上吃了大虧；想不到您到了天庭，仍然因酒遭殃。」

詩仙李白被說中事實，低頭不敢抬起。

「不是我說您，都到了天庭，就把酒戒了吧！」猿大仙搖了搖頭說：「我在世間，就見識過您酒醉的恐怖模樣……您應該不記得了吧？但我可記得清清楚楚、明明白白……當時，您在白帝城一大早就喝酒，還酒駕開船超速行駛，我在河岸上看見了，嚇得驚聲尖叫，不斷提醒您減速慢行、減速慢行……事後您命大沒事，還受我啟發寫了

〈早發白帝城〉這首詩——朝辭白帝彩雲間，千里江陵一日還，兩岸『猿』聲啼不住，輕舟已過萬重山……」

詩仙李白不好意思的說：「喝了酒，才有靈感嘛！」

「我因善心提醒酒駕，幸運入了大詩人的詩，才有機會集滿點數上天庭當官。因此，您放心，我一定盡力幫您洗刷冤屈。」除了報恩，猿大仙也因天庭公務員天天正常上下班、日日固定吃蟠桃，開始覺得有點無聊。這時有工作忙一忙，倒也覺得興趣盎然。

猿大仙發下豪語，一定負責解開「舉頭望明月」的祕密，讓大家去討分數、升官階。眾考仙見猿大仙擔下責任，又是齊天大聖親戚，再怎麼說，總是要給大聖面子，於是約好日後再來驗收答案，眾考仙暫且各自散去。

東床快婿金龜尪，難見天上明月光

「謝謝你，猿大仙，我一定會努力找出『床』的真相——到底為什麼我躺在床上，還能舉頭望明月？我當時到底在想什麼呀？」詩仙李白決心不讓同事叫他李白目，也不能害猿大仙被眾考仙圍剿。

因為是舊識，猿大仙很有義氣的幫忙調查，他報請了主管，通過了允准，帶著李白詩仙，來到天庭圖書館。

「既然，您忘了寫詩的時空背景，那就從您的詩句中尋找線索吧！」猿大仙說：「所謂的『風格』，應該是『江山易改，本性難移』不會變的……從您的其他詩作裡，應該可以找到『床』的線索！」

「不是真的床嗎？」天庭圖書館門口走進來熊羆怪[2]，他受齊天大聖之託前來幫忙。

熊羆怪從書架上抽出一本書，指著書中的一段說：「這首詩裡有熊也有床——〈秦

2 熊羆怪是《西遊記》中的角色，住在黑風山，從黑熊原形修行成為精怪。

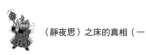

女卷衣[3]〉描寫不怕熊的宮女服侍皇帝就寢，提到『黃金床』，讀起來好像是指睡覺的『床』……」

李白把詩集接過來，唸著他自己寫的詩句：「……顧無紫宮寵，敢拂黃金床……水至亦不去，熊來尚可擋……是描寫一個宮女，因為出身低微，不敢奢望君王眷顧，因此，雖然她敢和黑熊打架，面對皇上的黃金床，卻連碰都不敢碰……」

猿大仙把書拿過來，指著書中的文字說：「可見在詩仙的時代，早就有現代睡覺用的『床』，而且皇帝睡的還是黃金打造、裝飾的眠床……」

猿大仙隨手一翻，又翻到另一首有床的詩：「……龍駒雕鐙白玉鞍，象床綺席黃金盤[4]……」

「**『象床』是用象牙裝飾的高級床，這詩中說的也是皇帝睡覺的床。**」李白一邊吟詩，一邊解釋：「而且《世說新語》裡有王羲之『東床快婿[5]』的典故。」

「沒錯！詩仙您也常常引用這個典故呢！」猿大仙因為入了李白的詩，所以多少研究過詩仙的作品：「例如，您寫過一首送堂弟去求婚的詩，也用了『東床快婿』的典故：與爾情不淺，忘筌已得魚（我和你感情不錯，想不到你重色輕友）；玉臺掛寶鏡，持此意何如（準備了玉臺和寶鏡，是不是求婚去呀）；坦腹東床下，由來志氣疏（放心好了，你只要學學王羲之躺在床上露肚皮，就能娶到老婆啦）；遙知向前路，擲果定盈車（你這麼帥，此番前去路上一定有很多女粉絲送你堆滿車子的水果籃、小禮物）[6]。」

3 〈秦女卷衣〉：天子居未央，妾侍卷衣裳。顧無紫宮寵，敢拂黃金床。水至亦不去，熊來尚可擋。微身奉日月，飄若螢之光。願君采葑菲，無以下體妨。

4 〈贈從弟南平太守之遙二首〉其一：少年不得意，落魄無安居。願隨任公子，欲釣吞舟魚。常時飲酒逐風景……龍鉤雕鐙白玉鞍，象床綺席黃金盤……

5 太傅郗鑒派門生給丞相王導送信，請求聯姻，想將女兒嫁給王家晚輩。王導對來使說：「你自己去東廂房挑選。」使者觀察後回去稟報：「王家公子都很優秀，聽說大官來挑女婿，個個正襟危坐。只有一位公子，在東面的床榻上躺著，衣衫不整還露出肚腩。好像不當一回事。」郗鑒說：「就這個最好！」於是派人求婚，郗鑒的「東床快婿」便是大名鼎鼎「王羲之」（《世說新語．雅量》）。

6 〈送族弟凝之滁求婚崔氏〉：與爾情不淺，忘筌已得魚。玉臺掛寶鏡，持此意何如。坦腹東床下，由來志氣疏。遙知向前路，擲果定盈車。

猿大仙、熊羆怪如獲至寶，帶著李白和詩集去向「考仙」們交差，但是⋯⋯

「房間裡睡覺的床？我們就是寫這個答案才被打叉的呀！」考仙們異口同聲：「你嘛幫幫忙——房間裡睡覺的床？躺在床上要如何看到天上明月光呢？你們根本沒解決問題。」

「會不會唐朝真有玻璃屋或星空房民宿？」詩仙李白囁囁嚅嚅、吞吞吐吐的說。

「別鬧了！」考仙們快要火山爆發啦！

郎騎竹馬弄青梅，簷廊地板可當「Bed」

經過一番吵鬧，天上眾仙排除了李白生前住過玻璃屋或星空房民宿的可能性⋯⋯

於是李白詩仙和猿大仙、熊羆怪又回到了圖書館。

找書時，他們碰巧遇見了在地府工作，目前正在休假——「牛頭馬面」兩兄弟裡的馬面大仙。

「幸會！幸會！」猿大仙在天庭工作，很少會見到地府的工作人員，他久聞其名——彼此同是「天庭動物職業工會」裡的註冊會員。

禮貌性的打了招呼，接著話匣子一開，就停不下來。他們從天庭地府的趣事，聊到最近的薪資問題，最後，猿大仙提到他正在幫詩仙洗刷騙子汙名，免除霸凌危機……

馬面大仙聽了覺得新奇，便說也要幫忙。

馬面大仙是「天庭動物職業工會」分支機構「天上人間馬族權益促進會」的主席，所以知曉任何關於「馬」的訊息，他們的會刊也經常刊出描寫馬的文學作品。

馬面大仙對於李白詩仙愛喝酒的個性，同樣十分了解——他有一位親戚「五花馬」，就因為李白愛喝酒，被他叫兒子牽去賣了換酒。李白把馬面大仙的親戚寫進詩作〈將進酒[7]〉：「……五花馬，千金裘，呼兒將出換美酒……」

7 〈將進酒〉：君不見，黃河之水天上來，奔流到海不復回？君不見，高堂明鏡悲白髮，朝如青絲暮成雪？人生得意須盡歡，莫使金樽空對月。天生我材必有用，千金散盡還復來。烹羊宰牛且為樂，會須一飲三百杯。岑夫子，丹丘生，將進酒，君莫停。與君歌一曲，請君為我側耳聽。鐘鼓饌玉不足貴，但願長醉不願醒。古來聖賢皆寂寞，唯有飲者留其名。陳王昔時宴平樂，斗酒十千恣歡謔。主人何為言少錢，徑須沽取對君酌。五花馬，千金裘，呼兒將出換美酒，與爾同銷萬古愁！

「我的親戚被詩仙寫入詩作，還慘遭被賣換酒，因此受到玉帝憐憫，讓他到天庭擔任『天馬行空』的天馬。有段時間受了齊天大聖照顧（弼馬溫時期），所以，我更有義務幫忙你們啦！」

李白詩仙覺得不好意思，酒癮一來，他什麼都可以拿去換酒，心中只想著不醉不歸！

馬面大仙隨手一找，就找出了李白詩作裡，提到「馬」又提到「床」的詩〈長干行[8]〉：「……『郎騎竹馬來，遶床弄青梅』描述小男生騎著竹馬來找小女生玩，他們一邊繞著『床』追逐，還能一邊耍弄青梅樹……這『床』肯定不是房間裡的床……」

馬面大仙一邊吟詩，一邊推測：「如果小朋友膽敢在房間裡面玩騎馬打仗，肯定被老媽揍扁……」

「有道理！」詩仙李白點頭贊成：「房間裡怎麼會種青梅樹呢？光是落葉就會讓老媽發瘋。」

猿大仙也附和。

這時，圖書館門外走進了白龍馬和虎力大仙，他們來到猿大仙面前，行了一個禮：

「大聖在他的粉絲頁上，貼了你們為李白詩仙平反的消息，我們特地前來幫忙。」

「你們也跟詩仙李白有交集？」

「當然，李大詩仙曾經為我們虎族寫了一首〈猛虎行[9]〉（裡頭也提到龍），雖然有人說這首詩不是李白寫的——但現在詩仙什麼都忘光了，也問不出真相，我們寧可信其有，不可信其無……何況，就算是模仿，也是模仿當時的人、事、物，對於解開『床』的祕密，應該有所幫助。」

---

8 〈長干行〉：妾髮初覆額，折花門前劇。郎騎竹馬來，遶床弄青梅。同居長干裡，兩小無嫌猜。十四為君婦，羞顏未嘗開。低頭向暗壁，千喚不一回。十五始展眉，願同塵與灰。常存抱柱信，豈上望夫臺。十六君遠行，瞿塘灩澦堆。五月不可觸，猿聲天上哀。門前遲行跡，一一生綠苔。苔深不能掃，落葉秋風早。八月蝴蝶黃，雙飛西園草。感此傷妾心，坐愁紅顏老。早晚下三巴，預將書報家。相迎不道遠，直至長風沙。

9 〈猛虎行〉：朝作猛虎行，暮作猛虎吟……秦人半作燕地囚，胡馬翻銜洛陽草……巨鰲未斬海水動，魚龍奔走安得寧……今時亦棄青雲士，有策不敢犯龍鱗……金鞍駿馬散故人……攀龍附鳳當有時……我從此去釣東海，得魚笑寄情相親。

「那你們帶來了什麼線索？」馬面大仙、熊羆怪和猿大仙不約而同的問。

「〈猛虎行〉一詩，提到跟『床』有關的是：『有時六博快壯心，繞床三匝呼一擲』……」在西天取經過程中被齊天大聖降伏的虎力大仙一邊背詩，一邊說明：「『六博』是一種桌遊，『繞床三匝呼一擲』意思是有人玩桌遊，拖拖拉拉繞床三次還不擲骰子，被同伴噓聲抗議，要他心臟強一點，動作快一點。所以，我想**『床』應該是一種可以用來玩桌遊的設備！**」

「床上可以玩哪——只是爸媽會罵，棉被會髒……」熊羆怪說。

「最好是大人會在床上玩桌遊……」猿大仙白了熊羆怪一眼。

他們正七嘴八舌討論時，圖書館又有神仙走了進來。

「我告訴你們，床其實不是床，是地板！」哮天犬大仙帶了秋田犬大仙來到圖書館。

秋田犬大仙告訴大家：「唐朝文化傳到東瀛、唐朝貴妃逃到日本，所以日本許多文化都和唐朝有關……而日本『床』字的意思是『地板』——日本人直到現在都還習慣睡在榻榻米地板上，把地板當作床，這也合理。」

秋田犬大仙表示：**日本老屋的「地板」除了房間有，屋簷下也有，還可以當床睡**。屋簷下的地板不但可以耍弄到青梅樹，也能把床前明月光，懷疑是地上霜，更可以舉頭望明月！

「有道理耶！」大家眼睛一亮。

「快帶我們到現場看看吧！」詩仙李白要求猿大仙帶大家找棟日本老屋體驗、體驗，畢竟在二十一世紀的現代天庭，找不到有唐代元素的屋子了。

於是猿大仙向齊天大聖借來了筋斗雲，載大家下凡去。

不過，他們發現寶島臺灣修復的日本老屋更多，他們找了間有簷廊地板的老宿舍作田野調查。

詩仙李白躍躍欲試，立刻拿起了馬面大仙變身成的竹馬，開始遶著「床」——屋簷下的地板——跑了起來，遶的時候確實可以邊跑邊玩院子裡的樹木，可以「遶床弄青梅」……也可以躺在屋簷下的地板上「舉頭望明月」，並且把明月光看作地上霜！

「可……可……是……」詩仙李白騎著竹馬遶了兩圈後，氣喘吁吁的說：「好像……好像遶太大圈了……好喘，小孩子玩不了吧……」

「是有點累！」化身成竹馬的馬面大仙也覺得遶「簷廊」等於遶了整棟屋子，這實在太累了，小朋友一定吃不消。

「雖然遶簷廊可以碰到青梅樹，可是，這種遊戲太累了，小朋友這樣遶，肯定會跌倒……」秋田犬大仙發現了理論與實際的距離。

大家一致決議——「床等於屋簷下的地板」這個答案不好。

第一章

〈靜夜思〉之床的真相（二）

玉兔說是摺疊椅，是床是椅誰知悉

「別鬧了，**床不是睡覺的床，是唐代的行軍床、現代的摺疊椅啦！**」玉兔大仙從月宮上緩緩降落。

「玉兔大仙不在廣寒宮搗藥，為何來此湊熱鬧？」猿大仙上前行禮，明知故問。

「當然是大聖拜託『天蓬元帥』，商請嫦娥仙子差我下凡來幫忙的囉！」玉兔大仙動了動他的長耳朵，晃了晃他的短尾巴。

「既然玉兔大仙前來相助，想必胸有成竹、心有答案囉！」猿大仙試探的問。

「當然！我們兔族也常在李白的詩裡出現呢！有一首詩叫〈把酒問月[10]〉：青天有月來幾時，我今停杯一問之……白兔搗藥秋復春，嫦娥孤棲與誰鄰。今人不見古時月，今月曾經照古人……」

「呃……是是是，但這首詩裡沒有『床』，你怎麼能知道〈靜夜思〉裡的『床』

到底是什麼呢？」

「這……」玉兔大仙還沒張口，玄武大帝的寵物「蛇大仙」就騰雲而至：「兔大哥，別不好意思，老實說吧！」

玉兔大仙皺起了眉，嘆了口氣說：「我與詩仙無冤無仇，他實在不該詛咒我們兔子一族……」

「詛咒？」

「老實說，這簡直是虐待動物外加種族屠殺罪！」玉兔大仙忿忿不平、咬牙切齒的說：「李白寫〈草書歌行〉吹捧狂草書法家懷素也就算了，竟然吹牛臭屁說懷素寫書法『墨池飛出北溟魚，筆鋒殺盡中山兔[11]』，意思是懷素大師用來磨墨的池子可以養鯨

10 〈把酒問月〉：青天有月來幾時，我今停杯一問之。人攀明月不可得，月行卻與人相隨。皎如飛鏡臨丹闕，綠煙滅盡清輝發。但見宵從海上來，寧知曉向雲間沒。白兔搗藥秋復春，嫦娥孤棲與誰鄰。今人不見古時月，今月曾經照古人。古人今人若流水，共看明月皆如此。唯願當歌對酒時，月光長照金樽裡。

11 〈草書歌行〉：少年上人號懷素。草書天下稱獨步。墨池飛出北溟魚。筆鋒殺盡中山兔……吾師醉後倚繩床，須臾掃盡數千張。飄風驟雨驚颯颯，落花飛雪何茫茫。……恍恍如聞神鬼驚，時時只見龍蛇走……古來萬事貴天生，何必要公孫大娘渾脫舞。

魚，而為了補充、供應他寫壞的兔毛筆，竟把中山國的兔子都殺光了。大詩仙李白是不是喝多了？這也太誇張了吧！而且毛筆幹麼都用兔毛的，不會用『狼』毫筆嗎？兔子跟你們有仇啊？」

「唉呀！那是懷素大師用的毛筆，不關李白詩仙的事啦！」猿大仙出面想打圓場。

「拜託……這寫得太誇張，小朋友亂學怎麼辦？要加警語啦！」玉兔大仙明顯很不開心。

李白詩仙雖然喪失了記憶，但作詩的能耐可沒忘，他解釋道：「那是『誇飾法』啦！我常用這招呀，我還用過什麼『白髮三千丈』、『十步殺一人，千里不留行』……」

「別氣！別氣！你還是趕快告訴我們『床』的祕密吧！」猿大仙拍拍玉兔大仙的肩，安慰他小心生氣傷身。

「好吧！畢竟是嫦娥仙子的請求，我受人之託，忠人之事……〈草書歌行〉這首詩裡提到了『吾師醉後倚繩床』……」

胡床

「那繩『床』是……？」

「**就是用繩子當材料製作的摺疊椅啦！**是胡人的行軍椅，以前用繩子編，現代拿帆布縫！」玉兔大仙仔細解說。

「喔……那你的意思是說：床前明月光的『床』，是一把行軍椅，李白詩人當時是坐在椅子上，在院子欣賞月光？」猿大仙邊模擬邊發問。

「當然！如此自然就能『舉頭望明月』，合理的『疑似地上霜』啦！」玉兔大仙還說：「神雕大俠的師父小龍女誤以為『繩床』真的是一條繩子做成的床，天天睡在繩子上，誤打誤撞、瞎貓碰上死老鼠，反倒練成了絕世武功……」

「原來如此……」

正當大家覺得謎團將解時，想不到馬面大仙又發言了：「等等……如果床是繩床、摺疊椅，騎著竹馬繞椅子會不會卡卡的、不好繞呀！」

「可是，胡床可以放在院子裡，只有使用它，可以望明月，玩青梅樹啊！」

大夥你一言我一語，吵了起來。

「詩仙李白的詩句裡確實有很多胡床——摺疊椅！」圖書館館長蠹蟲大仙挺著大肚找到了許多有關「胡床」的李白詩。

庾公愛秋月，乘興坐胡床[12]……

胡床紫玉笛，卻坐青雲叫[13]……

蠹蟲大仙還知道李白家的摺疊椅都掛在哪裡——「去時無一物，東壁掛胡床。[14]」——胡床都掛在東邊的牆壁上，只有摺疊椅才能掛，睡覺的床根本無法掛到牆壁上。

雖說李白詩中言及胡床無數，但馬面大仙提出的「竹馬怎麼遶」這個問題也無法

---

12 〈陪宋中丞武昌夜飲懷古〉：清景南樓夜，風流在武昌。庾公愛秋月，乘興坐胡床。龍笛吟寒水，天河落曉霜。我心還不淺，懷古醉餘觴。

13 〈經亂後將避地剡中留贈崔宣城〉：……胡雛更長嘯，中原走豺虎……我垂北溟翼，且學南山豹。崔子賢主人，歡娛每相召。胡床紫玉笛，卻坐青雲叫……

14 〈寄上吳王三首其二〉：坐嘯廬江靜，閒聞進玉觴。去時無一物，東壁掛胡床。

忽視。

「廊簷地板太廣，但摺疊椅面積太小，都不好逿呀！」

「是呀，我的詩中提到胡床，都是在『床』字前面加個『胡』或『繩』字，就如同洋房、洋裝前面都加了『洋』字，在水床、石床前面都加『水』字、『石』字，從來沒有單獨用『床』代表胡床、摺疊椅。『胡床』之名應該是指摺疊椅具有類似床的坐臥功能，不能證明床前明月光的『床』一定是胡床、摺疊椅。摺疊椅不好睡、不好逿，說床前明月光的『床』是摺疊椅，的確有點說不通……」李白讀了讀自己的詩，也開始覺得怪怪的。

佛祖觀音洩答案，偷油鼠說井欄干

此時，圖書館走進來「黃毛貂鼠大仙」，他因為在佛祖那兒偷油吃被發現，逃下凡間，遇上了大聖師徒，才得以重回天庭。今日他也受大聖之託而來：「詩仙寫的詩句裡，有一句『拂床蒼鼠走』，意思是有人在鋪床，老鼠受驚四竄。老實說，我們聰明蓋世的鼠輩難道會躲在摺疊椅下嗎？我們又不是笨蛋，我們當然躲在人們睡覺的大床底下才安全哪！」

「對呀！摺疊椅怎麼玩桌遊？」虎力大仙也覺得胡床實在不像「有時六博快壯心，繞床三匝呼一擲」裡的床，也不像「床前明月光」的床。

「鼠兄，你平常和本次出題的佛祖最親近，可曾從佛祖那兒探聽到什麼線索？」猿大仙熟知黃毛貂鼠的來歷，心想說不定他有什麼內線消息。

「猿大仙，你不愧是大聖的親戚，眼睛一目了然，媲美火眼金睛……」黃毛貂鼠大仙笑著說：「大聖派我來這兒，不是教我來翻書找詩的……而是要我把從佛祖那兒探聽到的消息送來。」

「是嗎？那你快說！」大家引頸期待，洗耳恭聽。

「我上了燈臺，一邊偷油吃，一邊偷聽話，我聽到佛祖和觀世音菩薩在討論……

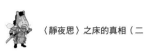

『有鑑於各考仙為了這一題是否送分，奔波天上人間到處查訪，連天庭圖書館都不得安寧，玉兔不搗藥，馬面不抓鬼，哮天不看家……』觀世音向佛祖求情：『不如給他們一點提示吧！』

佛祖捻著一朵小花，微微笑著，用被大聖尿過的那只手，在天空上寫了兩個字……」

「哪兩個字？」眾仙急問。

「井──欄！」黃毛貂鼠大仙說：「我查過了，以前人們在院子挖井，怕小朋友不小心掉進去，會用木頭將井口的四周圍起來──也就是『井』這個字的形狀──後世也有人用磚砌圍牆……『井欄』就是：井邊的欄干！」

「原來如此！」詩仙李白想了一想說：「井在院子裡，可以騎著竹馬遶，也可以弄青梅，這答案好像沒錯！」

「可是……『井欄』可以玩桌遊嗎？」虎力大仙還是執著「六博」的桌遊要如何

在床上玩。

「而且井欄不能睡人呀！」

「為什麼要睡在井欄上？」

「各位想想看，李白詩仙若不是睡眼惺忪，怎麼會把床前的明月光，誤認為地上的冷冰霜？依照我們對詩仙的了解，他一定是爛醉喝掛，半夜冷醒起床上廁所，迷糊之餘才會把月光看成結霜。」

「有道理，誰清醒時會搞錯月光呢……」

「詩仙如果睡在井邊的欄干上，應該會掉進井裡吧！」黃毛貂鼠大仙皺起眉頭說：「我自己也覺得奇怪……詩仙寫給我們鼠族的詩句『拂床蒼鼠走[15]』，若說『床』是井邊欄干，難道我們鼠輩會蠢到躲在井邊欄干裡？而且，人們也不會沒事去井欄鋪床單

15 〈冬日歸舊山〉……白犬離村吠，蒼苔壁上生。穿廚孤雉過，臨屋舊猿鳴。木落禽巢在，籬疏獸路成。拂床蒼鼠走，倒篋素魚驚……

哪！」

「難道佛祖的答案是錯的？」為了送線索前來的觀世音菩薩也加入了討論：「李大詩仙不是寫過『梧桐落金井，一葉飛銀床[16]』的句子？……梧桐子落進井裡，梧桐葉掉在井邊欄杆上——說床是『井欄』很合理呀！」

「金色、銀色是指月光灑落其上的反光，金井可能是月光下的井，但是銀床或許是葉子被風吹進房間，掉在照滿月光的房間床上！」

「也可能是葉子落到廊簷地板上呀！那地方照得到月光！」秋田犬大仙和哮天犬大仙仍未放棄「地板」的可能性。

「這……這……這……」觀世音菩薩也語塞了，自從天庭改採建構式教育之後，標準答案都不那麼標準了。

「如果只因為床和井寫在一起，就說床是井欄，那麼詩仙這首〈洗腳亭[17]〉怎麼解釋？……『前有昔時井，下有五丈床』，這兩句是說前方有古人挖的井，下方有五十尺見方的床，五十尺，那『井欄』圍的不是井，是游泳池吧！這詩中的床，明明就是河床、石床的意思。」喜歡吃腳腳的哮天犬提出質疑。

「河床，就是河的地板，所以床是廊簷下的地板啦！」秋田犬大仙附和。

「就跟你們說過不好澆啦！」馬面大仙和詩仙澆他們冷水。

於是，大家又吵了起來。

「都別吵了，只有我才知道答案！」秋田犬大仙後頭冒出一隻小狗……哮天犬大仙為大家介紹——小狗名叫康國子，在人間時是楊貴妃和唐玄宗的寵物，因為聰明程度達到了「神犬」的境界，所以升天成了「犬神」。

「你知道『井欄』到底是不是〈靜夜思〉的床？」眾仙不約而同望向康國子。

---

16 〈贈別舍人弟台卿之江南〉……梧桐落金井，一葉飛銀床……潛虯隱尺水，著論談興亡……

17 〈洗腳亭〉：白道向姑熟，洪亭臨道旁。前有昔時井，下有五丈床。樵女洗素足，行人歇金裝。西望白鷺洲，蘆花似朝霜。送君此時去，回首淚成行。

「當然，我還沒升天時，就已經聰明絕頂、IQ破表、智商超標……有一次，我主人楊貴妃的老公唐玄宗下棋快輸了，主人對我稍稍使個眼色，我立馬跳上棋盤，把棋局弄得亂七八糟，雙方只好握手言和，算是『平手』。事實上，有我在場的棋賽，主人和丈夫從來沒輸過，號稱『不敗福星』……言歸正傳，事情沒有這麼簡單……佛祖提示『井欄』，就說是提示了，又沒說是答案！要知道佛教講求『頓悟』——師父領進門，修行在個人，你們難道以為佛祖給的線索就是答案？這可不是佛祖的作風。」

「有道理！」眾仙紛紛點頭。

「沒錯，佛祖在傳道時也只是拿著花一直微笑，」觀世音菩薩點頭稱是：「佛祖給我們提示，心裡肯定希望我們自己頓悟解謎。」

「那康國子大仙你是為了什麼原因來幫忙，是大聖拜託你，還是詩仙的詩句裡也提到你？」猿大仙提問康國子。

「非也！其實我是來看熱鬧的，我不喜歡李大詩人喝醉就亂寫詩……」康國子搖著頭說：「他曾經寫詩『精神霸凌』我的主人——大名鼎鼎的楊貴妃！」

「不可能，我才不會做這種事，你憑什麼說我霸凌你家主人？」詩仙連忙否認。

「你敢否認你寫第一首〈清平調〉——雲想衣裳花想容，春風拂檻露華濃，若非群玉山頭見，會向瑤臺月下逢——不是在諷刺我家主人妝化太濃？第二首還用瘦巴巴能在手掌中起舞的趙飛燕，反諷我們家胖嘟嘟能幫華清池省水的楊玉環……嗚……虧我家主人當時以貴妃之尊還幫你磨墨，你就這麼報答她……」

「什麼！誰說〈清平調〉是這個意思？」

「高力士說的。」

「天哪，人人都知道高力士因我逼他脫鞋而懷恨在心……一定是想陷害我，他才故意亂解釋的啦！」詩仙氣呼呼辯解。

「是這樣子嗎？」康國子歪頭狐疑。

「沒錯！我們在天庭上課，都讀過這首詩和它背後的故事。」眾神仙站出來為詩仙作證。

「真的？」

「我發誓！」李白舉起三根手指頭。

「好吧！既然是一場誤會，那我就告訴你『井欄』的祕密，充當賠罪……我的主人楊貴妃生前曾經幫一個人取了綽號，就叫『井欄』。」

「誰？」

「她的大姊。」

「誰？」

「韓國夫人！」

「啥？韓國夫人？」

「我想起來了！重點是『韓』國，不是夫人……」蠹蟲大仙拿出圖書館的大字典，查了「井欄」和「韓」一詞：「我記得沒錯，『韓』字的原意就是『井欄』……」

「佛祖告訴我們的果然不是答案，而是線索。」觀世音菩薩眼睛一亮。

大唐文化流傳廣，院子裡的那張床

「佛祖暗示要我們去『韓國』找答案，對吧？我們調查過日本的傳統房屋，也應該去韓國找找線索，畢竟這些國家都深受唐代文化影響。快來！筋斗雲……」猿大仙急著呼叫座騎。

一頭霧水的詩仙李白還在抓著頭問：「韓國是戰國時代的韓國嗎？」

「別鬧了，不用去韓國……」蠹蟲大仙說：「去『大韓民國』也是大海撈針，不如我們去視聽教室看韓劇還比較快啦！」

於是大家來到視廳室借了一堆韓劇來看，由於天上一天，地上一年，所以韓劇都是處於快轉狀態，大家看得不亦樂乎。

「這個……這個……」大家不約而同的張大眼睛：「韓國傳統『韓屋』的院子裡，

真的都有一張床耶！」

「對，這個叫『평상』的涼床，韓國好像以前家家戶戶的院子裡都有，就算是現代，連頂樓加蓋的屋塔房門口都擺此床！我查網路翻譯『평상』有『涼床』也有『平常』的意思，可見是很普遍的家具！**日韓受唐文化影響，或許唐代家庭院子裡也有涼床**，詩仙喝酒醉回家，迷迷糊糊就在院子裡的涼床躺下呼呼大睡，半夜被夜露冷醒，才會在那裡床前明月光，疑似地上霜啦！」

「真是讀萬卷書不如行萬里路，行萬里路不如看電視查網路……」眾仙慨嘆。

秋田犬大仙看了韓劇裡的床，驚叫道：「這種床，我們日本也有……院子裡真的有床！」他查網路，秀出了金澤城、兼六園的照片——金澤城內的院子裡擺了一堆「床」。

「是呀！」康國子驚叫一聲道：「我的主人都是在院子裡的涼床和皇帝下棋呢！」「這個院子的涼床，小朋友騎竹馬遶起來剛剛好，站在上面還可以弄青梅，也可以玩桌遊，合理、合理、恰當、恰當……我沒有寫錯，躺在涼床上，沒有天花板，當然可以『舉頭望明月』啦！考仙們不能說我撒謊，也不能叫我李白目和李太白目啦！」詩仙李白雀躍不已。

這時雲層中傳來佛祖的聲音：「恭喜！恭喜！你們求知精神可佩，推理能力了得！其實，我的參考答案寫的就是『井欄』！可是你們找出來的答案『涼床』更加合理……那麼，為了解詩仙的圍，本次升等考試這一題，統統算對，個個給分——送分！送分！」

「床」的風波過了一年，天庭的下一次升等考試，試卷上出了唐代詩人溫庭筠的詩：「冰簟銀床夢不成，碧天如水夜雲輕。雁聲遠過瀟湘去，十二樓中月自明。」詩中又出現了唐代院子裡那張——鋪著冰涼席子（簟）的——涼床。這題翻譯題，再也沒有考仙寫錯啦！「銀床」的床不會被翻譯成井欄（在井欄上鋪席子，人一睡上去，不就掉到井裡去）、摺疊椅或地板啦！

本文經改寫，原刊於《動物星球偵探事件簿2推理要在放學後》

第二章

〈定風波〉之風波事件簿（一）

猿大仙衙門清閒，慘書生前來敲門

猿來如此大仙在天庭才清靜沒幾天，又有位手拿竹杖、頭戴高帽，一身文人裝束的神仙跑來敲猿大仙的門，而且敲得轟隆響、喊得鬼神驚。

「猿大仙、猿來如此大仙！快……快……救命啊！」

猿大仙推門一看，這文人大仙不但鼻青臉腫、灰頭土臉，而且身上汙泥灰塵塗滿身，遠看乃紅塵之人，近看是喪家之犬。

「怎麼啦？發生了什麼事？您怎麼這副德性？」猿大仙好奇的問。

「別問……先別問啦！快讓我進去，後面追兵一大群，我的性命有如風中殘燭、爐中融冰……」文人大仙驚慌失措，頻頻回頭望，顫顫全身抖，滴滴淚珠湧，涓涓冷汗流。

猿大仙趕緊領他進門，把大門閂緊，將門鎖鎖上，讓文人大仙扶著竹杖坐下，為他端上一杯清茶壓驚。

等文人大仙喘過氣、回過神，他才開口娓娓道來。

「我也不知道是怎麼回事，本來我待在天庭好好的，今日天庭大街熱鬧非凡，我出門逛街，遇到一群世間熟人，於是一番好意、熱情的上前打招呼，誰知道他們一看到我就大喊：『就是他，修理他！』」文人大仙愈說愈哽咽：「接著，他們圍上來就是一陣毒打狂毆，我東奔西竄、南逃北躲，直到他們追累了、離遠了，我才趕緊跑來敲門，借你這兒避避風頭。」

「您怎麼會來找我？」猿大仙好奇的問。

「是李太白前輩跟我提及您的，他說您是齊天大聖的後代，和文學界頗有淵源，請您幫忙您來者不拒，找您救命您兩肋插刀。您上次幫他找到了〈靜夜思〉裡所寫的那張床，使他免於被圍毆，地位大復活。我想這次您一樣可以救我！」文人大仙跪下抱住猿大仙的大腿。

「原來如此……」既然是熟人推介，猿大仙也不好推辭，便問起案由：「那麼，請問您知不知道人家為什麼圍毆、追殺您？」

「我就是完全一頭霧水！簡直莫名其妙！」文人大仙氣呼呼的大呼冤枉。

「他們都是您認識的人？」猿大仙抽絲剝繭的詢問。

「是呀，當初在人間時，我們都玩在一起……雖然我也喝了不少孟婆湯，很多重要的事都忘光，但我印象深刻，我和那些人常常一起遊山玩水呢！」文人大仙知無不言。

「這事太奇怪了！能上天庭的人，大部分都是極有修養的君子、廣積陰德的仁者，不可能收留沒品格的壞蛋，我看事出必有因，事奇必有鬼，事怪必有妖……」

猿大仙最近休息夠了，正想找點事兒來忙。他見落魄文人大仙可憐，又是謫仙人李白的學弟，於是興致勃勃的心想：「這個忙，看來我得幫上一幫。」

猿大仙收留了文人大仙，問他肚子餓不餓，嘴巴渴不渴。文人大仙吞了吞口水說：

「有一點兒。」

猿大仙端出蟠桃大餐與香蕉拼盤，不料文人大仙見了眉頭一皺，囁嚅的問：「可不可以……方不方便來盤東坡肉？」

「東坡肉？」猿來如此大仙大驚失色……他的祖先齊天大聖陪唐僧取經，沿路妖怪爭搶著要吃唐僧肉，唐僧的肉稱為唐僧肉，那「東坡肉」豈不是指仙凡二界大詩人蘇東坡的肉？眼前這位文人大仙難道是妖怪所變，才會想吃鼎鼎大名東坡居士的人肉……喔，不……是仙肉？

「妖怪，現出原形！」猿大仙抄出兵器，就往文人大仙頭上奮力一揮……

猿大仙拿出的兵器，正是金箍棒的升級產品「打狗棒」！

話說齊天大聖和二郎神對戰，被二郎神的哮天犬一咬落敗之後，大聖的後世子孫日夜研究，終於在金箍棒的神通基礎上更新性能，發明了「打狗棒」。這項神兵利器不僅可以打妖除魔、敲精震怪，還專剋狗類神獸。

佛

猿大仙這一敲，沒敲出妖怪元神，倒把文人大仙敲昏了，頭上還腫起一個大包。這下子，猿大仙闖禍了，他不但要急救文人大仙，甚至還得進行人工呼吸。

不知過了多久，猿大仙才讓這位文人大仙甦醒過來。

文人大仙摸著疼痛欲裂的頭殼，從席子上坐了起來：「剛剛發生了什麼事？」

「地有地震，天有天震……」猿大仙心虛的說：「剛剛是天震震落了屋瓦，屋瓦砸中了您的頭，您的頭碰上桌子的角，桌子的角敲走您的魂，您的魂帶走了您的魄……」

「是這樣嗎？」文人大仙不停搓揉頭上的大包，好不容易才清醒過來，繼續哀求猿大仙救救他的命。

大仙寫詞被圍毆，來求僧佛定風波

猿大仙見文人大仙並非妖精魔怪，而且可憐兮兮的，同情心油然而起，贖罪心湧泉以報，滿口答應、承諾協助他免於被眾神圍毆的境地。

「難道您沒有其他人世間的朋友可以幫您？」猿大仙心想解鈴還需繫鈴人，自己畢竟和文人大仙不熟，他的仇家又是熟人親友，冒然介入恐怕公親變事主，勸架變打架，不如先幫他找朋友從中和熟人周旋，這樣插手便自然些，助拳也合理些。

「當然有！」文人大仙自信不是邊緣人，誇口絕對找得到好朋友幫他拔刀相助。

於是猿大仙祭起隱身術，喚來筋斗雲，帶他躲過堵在門口的仇人，出發尋找好友

文人大仙說他最好的朋友身在佛門重地，猿大仙便載他前往西方，來到極樂世界，穿越層層浮屠，飛越座座寶殿，降落到一間清淨禪房。

「老友……」文人大仙朝一位僧人打招呼。

「啊！稀客、稀客！好友，你來啦！」那僧人轉頭見是文人大仙，立刻起身相迎。

「佛印老弟，別來無恙。」文人大仙上前張開雙臂，將僧人擁入懷中。

僧人也回應緊緊一抱，卻不小心弄痛了文人大仙剛被圍毆的瘀青之處。

「怎麼啦？東坡兄。」僧人檢視老友全身。

聽了僧人的回應，猿大仙大吃一驚，暗自在心中呢喃：「佛印？東坡？難道這位文人大仙是大名鼎鼎、聲名赫赫的唐宋八大家之一，詩、詞、書、畫樣樣精通的天才詩人蘇軾、蘇子瞻、蘇東坡？」

「東坡兄，你遠道前來所為何事？」佛印大師邀請猿大仙和文人大仙坐下。

現在，猿大仙幾乎能確認這落魄文人大仙，正是名聞天上人間的蘇東坡，而眼前這位僧人，必定是蘇東坡的好友「佛印」大師。

「好友，請救救我！」文人大仙把來龍去脈向好友交代了一番，還介紹了猿大仙給佛印大師認識。

原來，那些前來圍毆的仇家是東坡先生的舊識，他們宣稱──生前曾經和東坡先生一起遊沙湖，不料中途突遇大雨，東坡先生慫恿他們淋雨散步，自己卻穿上蓑衣擋雨。據說，東坡先生不僅笑他們的模樣狼狽不堪……還把這件事寫成了一首詞，加上一段序；最悲慘的是……這首詞竟然成了文學名作，中學生都要讀，小學生也要背，導致那些信任東坡先生而出遊的親朋好友，慘在人間被恥笑千年……

「他們說的是哪一首詞呀？」猿大仙忍不住好奇。

「就是那首〈定風波[18]〉呀！」東坡先生想也不想便脫口而出——

莫聽穿林打葉聲，何妨吟嘯且徐行，
竹杖芒鞋輕勝馬，誰怕？一蓑煙雨任平生。
料峭春風吹酒醒，微冷，山頭斜照卻相迎。
回首向來蕭瑟處，歸去，也無風雨也無晴。

這首詞的意思是——

不要管、別在意那射穿樹林、打在葉面上雨水的聲音，不妨一邊吟詠長嘯，一邊悠然前行。

手持竹杖、腳踩草鞋輕快勝過乘駒騎馬，有什麼好怕？穿上一身蓑衣任憑風吹雨打，照樣過我的一生啊！

略帶寒意的春風吹醒我的酒意，略略覺得稍冷微冰，山頭初晴的斜陽竟露臉迎賓。回頭望來時突遇風雨的荒蕪小徑，踏上歸途，此刻對我來說風雨無所謂，也無所謂天晴。

「這是一首好詞呀！現在也時常聽見天庭小仙童、小仙女背誦呢！」猿大仙管理圖書館，對這些名詩佳作耳熟能詳。

「只因為這首詞，他們就圍毆你？」佛印大師感到不解。

18 〈定風波〉是詞牌名，於宋神宗元豐年間由蘇軾所作，詞作之前寫有「三月七日，沙湖道中遇雨。雨具先去，同行皆狼狽，余獨不覺，已而遂晴，故作此詞」的背景介紹。

「他們就是一群不講道理的流氓惡棍！」東坡先生摸著被揍出瘀青的傷處，又揉了揉頭上的大包，忿忿不平的抱怨。猿大仙看著東坡先生的動作，不由得心虛不已。

「事情恐怕沒這麼簡單。老友，我還不了解你嗎？」佛印大師嘆了一口氣，還搖了幾回頭，說：「別忘了，你我『一屁打過江』的陳年舊帳。」

就這樣，佛印大師娓娓道出往事——

牛糞化成菩薩像，佛印一屁打過江

蘇東坡和佛印禪師是知心好友，兩人在佛學、文學上造詣相當，平時常常相互切磋，每次都是佛印禪師占上風，蘇東坡心裡不是滋味，百般用心想挫挫佛印禪師的銳氣。

有一天，兩人相約一起坐禪，蘇東坡心血來潮、突發奇想，問好友：「你看我現在打坐的姿勢像什麼？」佛印禪師說：「像一尊佛。」蘇東坡聽了之後滿懷得意。

後來，佛印禪師反問蘇東坡：「那你看我的坐姿像什麼？」喜歡開玩笑的蘇東坡毫不考慮的回答：「你看起來就像一堆牛糞！」

佛印禪師微微一笑，雙手合十說：「阿彌陀佛！」

蘇東坡回家後，得意的向家人炫耀：「今天總算占了上風，揩了禪師的油，吐了佛印的槽！」家人聽完原委，不以為然的說：「你今天輸得慘不忍睹！佛印禪師心中全是佛，看任何眾生皆是佛；而你心中汙穢不淨，才把六根清淨的佛印禪師看成牛糞……論境界，這不是輸得很慘嗎？」

蘇東坡聞言，捶胸頓足、懊悔不已，原來自己這次還是輸給了佛印！

事隔多日，蘇東坡自認修練禪定進步良多，一次靜坐後，靈光乍現，喜不自勝的寫了一首詩：「稽首天中天，毫光照大千，八風吹不動，端坐紫金蓮。」蘇東坡自認詩中佛學境界頗高，立即差遣書僮乘船過江，將詩送給佛印禪師，讓他評一評自己的禪定功夫。

誰知佛印禪師觀後莞爾一笑，順手拈來一枝紅筆，在蘇東坡的詩上寫了兩個斗大的字「放屁」！交由書僮帶回。

蘇東坡原本滿心期待好友回覆他諸多讚美之詞，想不到回信竟是斗大的「放屁」二字，忍不住火冒三丈、破口大罵：「佛印欺人太甚，不讚美也就罷了，竟然還罵人！我現在就渡江過去找他理論！」

蘇東坡過江尋仇來到佛印的禪房，想不到大門深鎖，佛印早已出外雲遊，只見門板上貼了副對聯「八風吹不動，一屁打過江」。原來，佛印早知蘇東坡會按捺不住前來理論，故而寫好對聯譏笑他修行不足，作詩自吹自擂卻言行不一。蘇東坡看了對聯慚愧不已，自嘆修為不如佛印，兩人境界相差太遠啦！

佛印見死不能救，住持來報昔日仇

「好啦、好啦！別再說我的糗事啦！」東坡先生放低姿態求救，他好聲好氣的說：

「我承認尚在人間時，漏過很多人的氣，頂過不少次的嘴，扯過老同事的蛋，找過好朋友的碴……但我從來沒有贏過你！所以你沒理由在此刻見死不救……我和你鬥法全是我輸，贏家可不能拿了勝利還小氣的和輸家計較。」

佛印大師嘆了口氣說：「當然，以我的立場，原本應該幫你解決外頭那些準備圍毆你的人……只不過，恐怕我的同事不太願意。我現在寄人籬下，實在不好違逆人家的意思……畢竟人家是我的主管。」

「什麼？佛印你境界如此之高，榮登極樂世界竟然還需要看人臉色……」東坡先生大驚，他以為依照佛印大師的修為，西方極樂世界大概只有佛菩薩地位能在佛印之上。

「唉，好友啊！論修行、講佛理，我當然不輸人；問題是……我的主管是根據受苦受難加分規定而升官的呀！」佛印大師無奈的搖了搖頭。

這規定猿大仙也聽說過，因為他的祖先齊天大聖，就是陪著三藏法師歷經九九八十一個劫難，才順利取經成佛。

「那麼，你主管是經歷了何種劫難，才有辦法位列在你之上？」東坡先生想到和他鬥了一輩子的好友，竟然被別人輕易打敗，那種心情實在百感交集。

「還不是拜一位知名詩人所賜……」佛印大師斜眼怒瞪東坡先生，無奈的說：「我這位主管在人間修行時，擔任了某佛寺的住持，有一天，一位大詩人兼大官員微服前來拜訪，向寺裡討茶水喝，住持原本為了節省開支，叫小沙彌端了一般的茶水出來……

「後來住持和詩人交談，發覺來人是知識分子，為表恭敬，便叫小沙彌換杯新茶；最後，詩人表明官員身分，住持嚇死了，趕快請詩人上坐，奉上香茶。住持如此熱情招待，臨走前心想機會難得，懇請大詩人留下墨寶，為寺院大門手書一副對聯……

想不到詩人竟留下一副令住持被千秋萬世恥笑的對子——坐，請坐，請上坐；茶，敬茶，敬香茶。」

「可、可是……他真的很勢利嘛！」東坡先生雖然喝了孟婆湯，但這些軼事書上多有記載，他知佛印口中所稱詩人就是自己，連忙喊冤。

「你說得沒錯！」佛印大師說：「本來，住持這種行政不公、階級歧視，外加文學追星的行為，不符合佛門六根清淨的要求，佛家境界不會在我之上。可是，他做了一件事，因禍得福讓危機轉良機……」

「做了啥事？」東坡先生和猿大仙聽得十分好奇。

「就是真的把這副恥笑自己的對聯掛上了寺廟山門……」佛印大師的上司「住持」從外頭走了進來，聽見三人交談，出聲加以補充解釋——

「我見到大師墨寶也沒多想，趕緊請人加工掛了上去……後來，看了對聯的香客、同修都來嘲笑我，起初我覺得丟臉，想把對聯拆掉，但是實在捨不得，想說附大詩人驥尾名留千古——有新聞就是好新聞——也是千載難逢的機會，被笑就當作警惕與贖罪，好好懺悔吧！」

佛印大師接著說：「沒想到住持這一轉念，變成勇於認錯、放下屠刀；掛上對聯、立地成佛……轉念得道，升級到比我還高的境界與位階，現在變成了我的前輩兼上司。」

「那……住持，至少我的對聯也算幫了你的忙，你和佛印就來幫幫我，讓我免於被圍毆的下場，畢竟我佛……哦，不，是你佛慈悲嘛！」東坡大師趕緊拉關係。

「這可不行。套一句儒家始祖孔子說過的名言：我們不能以德報怨，必須以直報怨——否則何以報德呢？因此，大詩人施主，你另擇他法，另尋幫手吧！」住持一推二五六，準備看好戲。

「想不到我留下墨寶，讓你的修行處變成觀光景點，令你的香油錢成就傲人業績，使你不但成佛得道，還凌駕於我的好友佛印大師之上；如今，你卻記恨不願放下、小氣不肯幫我……」東坡大師心有不甘。

猿大仙開導東坡先生：「這也難怪啦！您想想看，這位大師擔任住持時，再怎麼

說也是一方領袖，人家被您這對聯諷刺了千百年，心裡恐怕也不好受……而且佛門清淨地，他們不管天庭糾紛、各界俗務，也是情有可原。」

搖頭嘆息了數次，東坡先生和猿大仙便搭乘筋斗雲離開，前往尋找下一位幫手。

瑜亮情結同聲氣，此赤壁非彼赤壁

他們一出西方極樂世界，馬上被「圍毆大隊」包圍，因為猿大仙忘了下隱身咒。猿大仙只好擋在前頭，出面勸解。

「各位，我們動物仙界有個耳熟能詳的故事叫〈中山狼傳[19]〉，這則寓言告訴我們，遇到事情不能取得共識，最好找一些人來當裁判、作仲裁，今日你們若是動用私

19 《中山狼傳》選自明朝馬中錫的作品《東田錄》。故事敘述晉國大夫趙簡子在中山這個地方打獵，想要射殺一匹狼，幸好遇到東郭先生搭救，狼才得以逃出生天，沒想到後來這匹狼忘恩負義，竟然想要吃掉東郭先生，他們求教杏樹、老牛和老樵夫：「狼可否恩將仇報，把東郭先生吃掉？」最後老樵夫用計解了東郭先生之危。

刑，就算再有理，傳到玉皇大帝那兒，難保不會惹禍上身、引災附體……」猿大仙引用寓言故事，設法拖延時間。

圍毆大隊聽聞大聖後代出面緩頰，也怕自己私下揍人會有後患，於是便派出代表協商：「好，我們就一齊去找人評理！反正調皮鬼蘇東坡的所作所為必定為人所不恥，哼！」

就這樣，眾人結伴而行，前往尋找下一位幫手，哦，不！是第一位裁判。對東坡先生有利的是——他可以朝對自己有利的方向前進。

第二章

〈定風波〉之 風波事件簿（二）

「唉呀！」東坡先生附耳告知猿大仙，他想到一位可以幫忙的名人，因為，他為那位名人寫過詩、作過文。

猿大仙見東坡先生漸漸恢復了自信和主見，不再和初見面時一樣畏畏縮縮，心中對他順利躲過圍毆的可能性感到樂觀。

東坡先生、圍毆大隊坐上猿大仙的筋斗雲來到一處茅廬，裡頭正坐著兩個人。

猿大仙一眼就能認出他們是誰，羽扇綸巾裝扮是孔明，風流倜儻帥哥是周瑜！

那兩人原本正在下棋，一見有人來訪，立刻起身相迎……

東坡先生為猿大仙介紹：「裡面其中一位是諸葛何之子，諸葛亮！另一位是周既之子，周瑜！」

「不是吧……我在圖書館展覽過三國時代主題，諸葛亮的爸爸明明叫諸葛珪，而周瑜的父親明明叫周異……」猿大仙感到一頭霧水。

「哈，我開玩笑的……孔明和周瑜不是有句流傳千古的名言佳句叫『既生瑜，何生亮[20]』嘛！」東坡先生已經忘記先前被揍的痛楚，現在竟然開起玩笑來了。不過，屋內兩人的臉色看起來顯然不太好。

「我終於明白佛印大師是如何將您一屁打過江的，您簡直就像個小屁孩……」猿大仙和圍毆大隊代表不約而同的搖頭嘆息。

「東坡後輩來此有何貴幹？」周瑜發聲。

「我特來懇請周先生幫忙擔任裁判，以便讓我身後那些圍毆大隊取消修理我的決定。」東坡先生把來龍去脈對兩人詳述了一遍，還不忘抓緊時間攀攀關係：「畢竟，我曾為周先生您寫過流芳百世的詩詞作品〈念奴嬌・赤壁懷古[21]〉——

大江東去，浪淘盡，千古風流人物。

20 文句出自於《三國演義》第五十七回。周瑜機智過人，但是每次計謀皆被諸葛亮識破，於是在臨死之際長嘆「既生瑜，何生亮」。後用以感慨人外有人，天外有天。

21 蘇軾於宋神宗元豐年間，遊黃州赤壁磯時因地感懷而作。

故壘西邊，人道是，三國周郎赤壁。
亂石穿空，驚濤拍岸，捲起千堆雪。
江山如畫，一時多少豪傑。
遙想公瑾當年，小喬初嫁了，雄姿英發。
羽扇綸巾，談笑間，檣櫓灰飛煙滅。
故國神遊，多情應笑我，早生華髮。
人生如夢，一尊還酹江月。

這是多麼壯志凌雲、英姿煥發，令人動容啊！」

周瑜向孔明使了個眼色，便推開東坡先生走了出來，對著猿大仙和圍毆大隊宣布：「各位，關於東坡小輩應否被責罰之事，我的立場是……他活該。他就是個愛說謊的傢伙，就該讓他吃點苦頭。」

「什麼？」東坡先生聞言大驚失色：「你……你這個忘恩負義的人，我為你寫詩詞奉承、作文章拍馬，沒有功勞也有苦勞。你想想，若是沒有我這些名作，說不定明朝的羅貫中根本不會想幫你和孔明、曹操寫《三國演義》！」

周瑜皺眉說：「為我們寫作品、歌頌功績，我們當然沒什麼好抱怨，但是，就因為這首〈念奴嬌〉和那篇〈前赤壁賦[22]〉，我才認定你做人不老實，張口提筆謊話連篇，沾墨為文胡說八道！」

「那個……周都督，您沒憑沒據，不能血口噴人啊，您可知亂說話的下場，作偽證的結果……可能會令東坡先生被圍毆、揍扁、內傷、吐血……」猿大仙出面請周瑜三思而後行。

「任何事情我都不會跟孔明一個鼻孔出氣，但就『蘇東坡是大騙子』這件事，我

22 宋神宗元豐年間，蘇軾作《前赤壁賦》，亦稱〈赤壁賦〉。作品描寫蘇軾與客人泛舟黃州赤壁（又名赤鼻磯），談論吳蜀聯軍大破曹操大軍的赤壁之戰，進而討論至天地人生的過程。不過蘇軾詞賦中所指赤壁是黃州赤壁，並非當年赤壁大戰之地。

倆難得意見一致。」周瑜吃了秤砣鐵了心，就是不願為東坡先生說好話。

圍毆大隊見情勢有利，正摩拳擦掌想合圍痛毆東坡先生，猿大仙急忙挺身阻止：「各位，還記得我說過的話吧？〈中山狼傳〉的故事告訴我們必須諮詢三位裁判，現在才問了一位，各位請稍安勿躁。」

費了九牛二虎之力，猿大仙才說服圍毆大隊再給東坡先生一個機會。

趁著紛亂稍止的空隙，猿大仙偷偷溜去問周瑜：「周先生，你怎麼一口咬定東坡先生是大說謊家呢？」

「這傢伙一點都不老實，寫〈念奴嬌〉說什麼赤壁懷古，寫〈前赤壁賦〉說什麼『此非孟德之困於周郎者乎』，地理位置根本相差十萬八千里！我生前就在赤壁大戰現場，蘇東坡那小子坐船遊湖的地方根本不是什麼『三國周郎赤壁』，而是『山寨吹牛赤壁』啦！他明知不是，還在那兒演什麼猴戲、發什麼神經……他這樣是謊言掩蓋事實、劣幣驅逐良幣，我最討厭說話不算話、講話不誠實的人——例如那個借荊州不還的豬哥。」周瑜瞄了一眼孔明，愈說愈氣。猿大仙吐著舌頭，趕快拉著東坡先生離開是非之地。

「原來不在現場也能胡謅，」猿大仙當面譴責東坡先生：「您這玩笑也開得太大了。」

東坡先生不服氣的說：「人事時地物雖有假，心意、情意、愛意、敬意、誠意卻是真！畢竟——發揮一下想像力不好嗎？」

秦少游傳說徒弟，蘇小妹幻想才女

「已經失去一次機會了，下個機會我們一定要把握！」東坡先生開始覺得事態有點嚴重。

「您要不要考慮找個晚輩？您找了平輩佛印大師，找了前輩周瑜都督，他們都不怎麼靠譜……您不如想想看，有沒有比較崇拜、敬重您的晚輩？說不定您提出要求，他們不敢不幫；您面臨危難，他們不敢不救。」猿大仙提出務實的建議。

「晚輩？」東坡先生眼睛一亮：「那沒有別人了，肯定得找我的徒弟秦少游——他是我的頭號粉絲。」

藉著猿大仙的筋斗雲，東坡先生和圍毆大隊又出發了，一齊去尋找下一任裁判——蘇東坡的入門弟子「秦觀」——秦少游。

眾人來到秦少游在天庭的辦公室，東坡先生首先把事情的原委全盤托出，秦少游見老師是來央求他評評理、救救命，於是拉著東坡先生，二話不說就站到圍毆大隊面前，接著放開老師的手，轉身加入了圍毆大隊的行列。

東坡先生傻了，猿大仙愣了——人類的情誼薄得就像是紙糊的！

「徒弟……你、你竟敢背叛為師。」東坡先生瞪大雙眼，破口大罵。

「老師，是您先不仁，我才不義的！」秦少游嘟嘴白眼，在圍毆大隊隊伍中大吐苦水。

原來，東坡先生在人間時，為了得到徒弟的全方位服務，佯稱自己有個小妹，將來要許配給他。秦少游一聽拜師還有老婆娶，對老師自是加倍敬重，盡心伺候。

秦少游素知老師酷愛惡作劇、吹牛皮，恐怕自己被誆騙，還特意請教過東坡先生：「蘇家小妹長相如何？」

老師為了取信徒弟，出示了一首自己描寫小妹外貌的詩——

未出庭前三五步，額頭先到畫堂前；幾回拭淚深難到，留得汪汪兩道泉。[23]

「嚇！額頭這麼高，眼窩這麼深……」秦少游愣在原地，然而，他不愧是讀過聖賢書的知識分子，品格教育告訴他：女子首重「內在美」，外表只是一時，內涵才是永恆。更何況這種「南極仙翁」的長相，未嘗不是一種福壽滿滿的吉兆。

23 根據歷史考證，蘇軾並沒有妹妹，蘇小妹僅是虛構人物，流傳她常與蘇軾吟詩作對互相取笑。書中所錄詩句，為民間傳說蘇東坡與妹妹鬥嘴的橋段。

「最重要的是……娶了老師的妹妹，老師立刻變成大舅子，這可是親上加親、熟了又熟啊！」當時的秦少游，心中算盤敲得劈啪響。

「誰知……誰知……」天庭的秦少游大仙在圍毆大隊面前痛哭失聲，他嚎啕控訴：「我是真心換絕情啊！想不到老師連這種終身大事都拿來騙人——他根本沒有妹妹——老師實在太不應該啦！」

猿來如此大仙轉頭怒瞪東坡先生：「真有這回事？」

東坡先生吐著舌頭回答：「沒錯，是有這麼一回事！」

猿大仙搖頭嘆氣，「我的祖宗齊天大聖生性頑皮，但這種缺德型的惡搞，連他老人家都下不了手，做不出來啊！」

結果可想而知，圍毆大隊一聲令下，蜂湧而上，準備給東坡先生一頓粗飽。

猿大仙無奈的又必須站出來……

「至少三位……至少三位……雖然各位已經取得二比零的優勢，但是既定程序還是要走完。」猿大仙在心中暗自祈禱，希望東坡先生也有像〈中山狼傳〉主角東郭先生那樣的好狗運，最終能遇上一位幫他扭轉情勢的智慧老人。

殺之三瞎編亂扯，宥之三想當然耳

「既然學生、徒弟不可靠，不然就去找您的老師吧！」猿大仙認為應該以前車為鑑，以歷史為誡，以失敗為師……來個逆向操作。

「有道理，學生會挖大深坑給我跳，徒弟會擺爛攤子讓我收……老師德高望重、飽讀經書，應該不會胡搞瞎搞。」東坡先生點頭稱是，燦笑應允。

於是，筋斗雲公車再度出動，載著東坡先生、猿大仙和圍毆大隊前往東坡先生最尊敬，同時也是唐宋八大家之一的——歐陽修老師家。

一行人來到天庭的醉翁亭別墅，東坡先生便跪在恩師前面大聲哭泣，請老師主持公道，救救他的命。

問明原委，歐陽修眉頭一皺，不置可否。

「老師，難道您要見死不救？」東坡先生不敢置信，他的世界崩塌了，敬愛的老師竟然連舉手之勞都不願意幫忙。

「不會吧……大才子蘇東坡真的這麼沒人緣？」猿大仙在管理圖書館時，明明覺得東坡先生是個全能全才的詩人，簡直可說是文藝仙界的天才，怎麼沒人願意幫他一把呢？

「蘇同學，不是我不幫忙，而是我們知識分子頂天立地、潔身自愛，應該修身、齊家、治國、平天下，不能臭屁、扯謊、造假、說瞎話呀！」歐陽修大仙搖著頭說：「你的才華毋庸置疑，你的天賦萬中取一，但是你愛開玩笑、喜惡作劇的個性，也實在是所言不虛、罪證確鑿。我欣賞你，但是不能違背良心睜眼說瞎話——說你不會促狹惡搞呀！」

「老、老師……我自認從沒向您惡作劇，未曾對您說謊話，您怎麼可以含血噴人、信口雌黃呢？」東坡先生很不滿。雖然他的確跟秦少游、佛印大師等人小玩小鬧，可是他從來沒有對恩師不敬過呀！

「你雖然沒對我不敬，我卻領教過你的膽大包天、任意妄為……」歐陽修義正辭嚴的回答。

「此話怎講？」猿大仙也好奇了，東坡先生怎麼會如此天怒人怨啊！

歐陽修細細道來——

「子瞻有次參加中央考試，恰好是我擔任主考官，因為那次他上榜了，我們才結下師生之緣。

「當時我改到第一名的試卷，發現實在寫得太好了，好到我以為是我當家教的天才學生『曾鞏』所寫。我擔心別人說閒話——質疑我當老師就給自己的學生第一名，為了避免外界的風言風語，便故意把第一名改成第二名，第二名改成第一名……我們考官拿到的考卷上只有編號，皇帝那邊才有名單，所以當皇帝公布榜單的時候，我跑去一瞧，天哪！第一名竟然是……曾鞏！我心中大驚：這世界上難道有人比我的天才學生曾鞏還厲害？於是跑去看第二名是誰，赫然發現那人就是蘇——東——坡！

「我當時還對前來看榜的子瞻說：『啊……蘇同學，對不起！我以為你是我的天才學生曾鞏，所以把第一名改成第二名，害你獎學金少了好幾十萬，真的很抱歉……可是皇帝已經公布榜單，名次已然不能修改。這樣好了，為表歉意，明天我請你吃墾德基——墾丁的墾！』蘇東坡從鄉下來，未曾吃過『墾』德基，就說：『好哇！』隔天，我們一起去用餐，當時蘇東坡一邊啃雞腿一邊喝飲料，我還拿著他的作文考卷對他說：『你的文章實在寫得太好了，尤其是文章裡引用的那則故事，實在有夠精采！你知道嗎？我不抽煙、不喝酒、不嚼檳榔，唯一的嗜好就是收集書——所有出版社的書我家都有，我家書房比國家圖書館還大，為了你文章中引用的故事，昨天我一整晚沒睡，把家中所有的書都翻了一遍，卻沒找到這則故事……蘇同學，你趕快告訴我，你文章中引用的故事是在哪一本書裡讀到的？我要去買！』」

「到底是什麼故事讓歐陽老師如此青睞呢？」猿來如此大仙忍不住插話。

「蘇東坡那張作文考卷的題目是〈刑罰忠厚之至論[24]〉，意思是要寫一篇論說文，證明賞賜和刑罰應該忠厚一點。文章中令我讚不絕口的故事，就是這句——皋陶曰：『殺之！』三，堯曰：『宥之！』三——堯是古代知名的好皇帝之一，即堯舜的堯；皋陶（音：高搖）是堯的警察局長，他很兇。故事是這樣的：有一天，警察局長皋陶跑來跟皇帝說：『皇帝啊！皇帝，外面有學生在抗議，我們拿警棍……打他們的頭好不好？』堯這位好皇帝說：『不可以！』一次！過了半個鐘頭，警察局長又跑過來跟皇帝說：『皇帝啊！皇帝，外面的學生還是在抗議，我們拿齊眉棍……打他們的頭好不好？』堯這位好皇帝說：『不可以！』兩次！又過了半個鐘頭，警察局長再跑過來跟皇帝說：『皇帝啊！皇帝，外面的學生依然在抗議，我們拿盾牌……打他們的頭好不

24 宋仁宗嘉祐年間蘇軾參加進士考試所作之論文。

好？』堯這位好皇帝說：『不——可——以……以……以！』三次！就是這則故事讓我拍案叫絕，念念不忘、徹夜難眠。

「然而那一天在鋻德基店內，對於我的提問，蘇東坡一邊啃雞腿，一邊喝飲料，一邊對我說：『歐……歐陽老師，那……那是我編的啦！』」

歐陽修講述完理由，正義凜然的對蘇東坡說：「就是這段往事，讓身為老師的我無法昧著良心幫你背書，畢竟你連中央考試都敢胡編、瞎扯、亂吹牛了，會做出讓人想圍毆的惡作劇，我也不覺得奇怪。因此，恕老師無法幫你這個忙……」

猿大仙傻眼，蘇東坡呆住，圍毆大隊歡呼。

「這下子，我實在無法幫你了……」猿大仙雙手一攤，對磨刀霍霍的圍毆大隊成員說：「你們動手吧，如果有需要我幫忙的地方，不要客氣，我可以助你們一臂之力。」

圍毆大隊上來就一陣踹，一陣搥，揍得東坡先生眼冒金星、口吐白沫，眼看就要

不可以×3
警察

不支倒地時，在他的哀號慘叫聲裡，半空中突然有人高呼：「手下留情，腿下留人，肘下留命，棍下留魂！」

只見一文士裝束的仙人騎著金毛獅子，從天空緩緩降落。金毛獅子一落地，立刻化作一位清秀婦人，臉蛋看來雖標緻，眉眼間卻透著殺氣。

那位仙人上前作揖：「各位，我聽說了諸位圍毆東坡兄的事，我想這一切都是誤會，所以特地前來說明。」

「有什麼好說的！」圍毆大隊不肯收手，揍了又揍，踹了再踹。

猿大仙見事有轉機，連忙出面調停打圓場：「各位，我想既然打都打了，不如聽一下這位仙人的說法，萬一真的有什麼誤會，我們也可提早收手，免得錯打了人，到時候玉皇大帝怪罪下來，可就不妙了。反正，東坡先生現在鼻青臉腫、眼歪嘴斜，想跑也跑不掉，想溜也溜不走……」

圍毆大隊聞言覺得有理，而且他們打得確實也有點喘、些微累，便聽從猿大仙的勸告，暫且看看金獅仙人要說些什麼。

「好，你說說看，我們圍毆蘇東坡有什麼錯？」圍毆大隊代表指揮大家安靜聆聽。

「我們應該反暴力！」金獅仙人向前自我介紹：「大家好，我是東坡先生的好朋友——陳慥，字季常。身旁這位『美女』是我的夫人——柳月娥，外號河東獅。我和蘇東坡常來往、頻互動，這件事有〈寄吳德仁兼簡陳季常〉一詩可證——

東坡先生無一錢，十年家火燒凡鉛。
黃金可成河可塞，只有霜鬢無由玄。
龍丘居士亦可憐，談空說有夜不眠。
忽聞河東獅子吼，拄杖落手心茫然。
誰似濮陽公子賢，飲酒食肉自得仙。
平生寓物不留物，在家學得忘家禪。
門前罷亞十頃田，清溪遶屋花連天。

溪堂醉臥呼不醒，落花如雪春風顛。
我遊蘭溪訪清泉，已辦布襪青行纏。
稽山不是無賀老，我自興盡回酒船。
恨君不識顏平原，恨我不識元魯山。
銅駝陌上會相見，握手一笑三千年。

其中『龍丘居士亦可憐，談空說有夜不眠。忽聞河東獅子吼，拄杖落手心茫然』，說的就是我和妻子如膠似漆的相處模式。」

「這件事我們都知道，你就是那位怕老婆的陳季常，你夫人就是凶巴巴的河東獅，因為蘇東坡的這首詩，才有了成語『河東獅吼』，你們的故事也算是流芳百世。」圍毆隊伍裡有人發聲。

「既然大家都認識我，不妨給我個面子，放東坡兄一馬？」陳季常大仙非常有義氣的向圍毆大隊討人情。

「不行！」圍毆大隊還打得不過癮：「如果你也在遊沙湖現場，你一定也會加入我們的隊伍揍扁他。」

「遊沙湖？」陳季常歪著頭懷疑的說：「是〈定風波〉那件事？」

「沒錯，雖然我們都喝了孟婆湯，不記得所有人間的事情，可是圖書館裡查得到，教科書裡有介紹，我們也記得曾和蘇東坡去遊沙湖……前幾日在天庭圖書館讀到他恥笑我們的作品，竟然被世人當作名作，這實在讓我們愈想愈氣，不揍他，難解我們心頭之恨。」圍毆大隊異口同聲。

陳季常上前問仔細：「既然你們不記得人間事了，那是根據什麼證據指控東坡兄恥笑你們呢？」

圍毆大隊的代表出面回答：「很簡單哪，只要稍有邏輯概念的人都能推理出來，不信的話，我唸〈定風波〉這首詞的『序』給你聽：『三月七日，沙湖道中遇雨。雨具先去，同行皆狼狽，餘獨不覺，已而遂晴，故作此詞。』你看序裡說『雨具先去，同行皆狼狽』，結果他在詞裡竟然沾沾自喜、自吹自擂，說什麼『一蓑煙雨任平生』，白話翻譯為『穿上一身蓑衣任憑風吹雨打，照樣過我的一生』，外國人讀的英文版也說：『In a straw cloak, spend my life in mist and rain.』以此推敲，蘇東坡明知快下雨了，還把雨具送走，自己偷留蓑衣擋雨，這……這……這根本就是故意整人！我們淋雨沒關係，可是被蘇東坡恥笑狼狽，還得看他扯什麼『竹杖芒鞋輕勝馬，誰怕？』此而可忍，孰不可忍？蘇東坡當然不怕，因為他有雨衣，而我們淋成落湯雞呀！這個小屁孩，簡直是得了便宜還賣乖！」

陳季常回頭問東坡先生：「您真的幹了這麼損陰德的事？」

「我喝了孟婆湯，記不太清楚了！」東坡先生聳肩、甩手、裝天真。陳季常的老婆大吼一聲：「根據蘇東坡的性格……這種藏雨衣害人淋雨的惡作劇，也只有他才幹得出來！我『河東獅』的綽號就是他惡意汙衊的……」

「可……可是，老婆，這個綽號取得很貼切啊！基本上就是事實……唉呀！」陳季常話還沒說完，就被老婆掐住耳朵，並且在他耳前用力獅吼。

「等……等一下，」如雷貫耳的陳季常突然眼睛一亮：「我……我想起來了。」

「您想起什麼了？」猿大仙和蘇東坡都希望能抓住這最後一根救命的稻草。

陳季常抓起老婆的手，溫柔的說：「老婆，妳曾寫過一張春條[25]要我貼在門口，但我死命不肯，說這樣太丟臉了，妳還記得嗎？」

「記得呀！」河東獅面露得意的說：「我記得我寫的是『老婆永遠是對的』。」

「沒錯，我覺得丟臉，就去請東坡兄想法子，那時東坡兄笑而不答，反而給我看他新寫的詞〈定風波〉，說讀了這首詞，就能找到方法輕鬆說服妳，同意不把那張『老婆永遠是對的』貼在門上。」

「這兩件事八竿子打得著嗎？」河東獅和眾仙皆不解。

25 單張的春聯，可直貼在家中大門上，通常為四字成語或「恭喜發財」等吉祥話。

「東坡兄說這『一蓑』二字的修辭法，和王安石詩中名句『春風又綠江南岸[26]』的『綠』字一模一樣。」陳季常仔細的重建現場。

「哪裡一樣？」眾仙搔頭傻眼。

「我想起來了！」大文豪蘇東坡瘀紫、黑青的眼眶中露出了光芒，他抖了抖沾滿泥沙的衣服，一手放在身後，一手指著天空，開始教學：「**『綠』字原本是形容詞，王安石在『春風又綠江南岸』這句使用了轉品修辭法，將形容詞變成了動詞。**」

「沒錯，這上過學堂的都知道。」圍毆大隊個個點頭如搗蒜。

「那你們怎麼沒發現，我這『一蓑煙雨任平生』的**『一蓑』也是轉品修辭呀！它是把名詞轉成量詞**，就如同一頭霧水、一鼓作氣、一鼻子灰、一臂之力、一門忠烈、一孔之見、一腔熱血、一紙空文、一衣帶水……就是把頭、鼓、鼻子、臂、門、孔、腔、紙、衣帶等名詞變成量詞，現代詩人周夢蝶還寫過『一枕黑甜的沉溺』，也是把名詞『枕頭』當作量詞。」

「您是說……」猿大仙似懂非懂。

「我那『一蓑』是『煙雨』的量詞，『一蓑煙雨任平生』的意思就是：一輩子大雨小雨打到身上，不過一件蓑衣的大小，別大驚小怪。」

「所以，你並不是自己穿了蓑衣，還恥笑我們狼狽淋成落湯雞？」圍毆大隊半信半疑。

「我才不屑做那種缺德事——惡作劇等級太低了，而且全天下都知道我本人超喜歡淋雨的，」蘇東坡正經八百的說：「如果我沒淋雨，為什麼這首詞裡會說『微冷』呢？我好像最後還感冒了呢！」

「似乎言之有理……」圍毆大隊全都是文學愛好者，經陳季常這麼一提醒，個個

26 文句出自於〈泊船瓜洲〉一詩。為宋神宗熙寧年間，王安石二次拜相，奉詔入京時所作：「京口瓜洲一水間，鐘山只隔數重山。春風又綠江南岸，明月何時照我還？」

都覺得自己可能冤枉人了。

「既然解開了誤會，真相大白，你們不會再圍毆東坡先生了吧？」猿來如此大仙出面勸導圍毆大隊，轉頭也向東坡先生告誡：「東坡先生，您鑽研佛學，就大人有大量，原諒他們的莽撞吧？」

蘇東坡見對方人多勢眾，自然不好說什麼，更何況始作俑者還是自己的作品，也就大方表示：「沒事，沒事。」

就在雙方商量好醫藥費如何分攤後，猿大仙突然想起陳季常剛才提到的春條，開口問：「您說最後夫人同意不必貼春條，您是如何說服她的呢？」

陳季常說：「我在『老婆永遠是對的』這句話裡加了一個『一』字，變成『老婆永遠是一對的』，我夫人怕我娶了大老婆還想娶小老婆湊成『一對』，所以便不准我貼，只用河東獅吼在我耳邊痛罵了一頓……」

第三章

〈祭鱷魚文〉之神祕事件簿（一）

老奶奶好學精神，猿大仙慧眼識人

猿來如此大仙在天庭圖書館沒有冷氣的房間裡，修練祖宗齊天大聖孫悟空送給他的法寶「火眼金睛」。他現在修練得愈來愈有心得，任何隱形、化身、變裝的妖物，各種奇怪、詭異、反常的妖氣，他都能看得一清二楚；不過，可能與他工作地方的風水有關吧，他的辨妖能力只限和圖書館有關的事物……

天庭圖書館因為重新裝潢、擴大規模，需要徵求新志工。前來應徵的沒有多少位，畢竟天庭裡大家都很忙，無薪工作沒魅力。

但是，其中有位老奶奶在面試時，令猿大仙眼睛一亮——因為「火眼金睛」噴火了。

這位老奶奶年少失學，卻在面試時，流利的把英文字母從第一個唸到第二十六個，唸完後，大仙噴飯、小神傻眼……但奇怪的是，猿大仙的火眼金睛裡像電腦打字輸入一樣，跳出了一行字——錄取她，不然你會後悔。

因為是祖宗恩賜的火眼金睛現出徵兆，猿大仙便恭敬的錄取了老奶奶。

老奶奶的英文課，小孫女的臺語課

「東邊日出西邊雨，道是無晴卻有晴……」

從詩人劉禹錫的〈竹枝詞〉裡，「異口同聲小仙子」醒了過來。有她在，這首詩才算畫龍點睛，有了靈魂。

「道是無晴（情）卻有晴（情）」這是在說有感情，還是沒感情呢？

「喂！我也有幫忙喲。」小仙子的雙胞胎哥哥「一字多義小星君」現身搶功勞：「**『道是無晴卻有晴』這句詩裡的『道』字，也有『道路』跟『說話』兩種意思。**」

小仙子擅長一音雙關「諧音」法術，小星君專精一字雙關「諧義」符咒。

小仙子不但幫助文學家，還逗樂了小朋友。

「狼來了！猜一種水果。」

「楊桃（羊逃）！」

「羊來了！猜一種水果。」

「草莓（草沒）！」

小仙子也拯救粗心的小朋友免於被大人修理。

例如：有小朋友在除夕圍爐時，不小心打破了碗、摔破了盤，大人原本很生氣，但只要小仙子略施仙法，大人的表情就會從憤怒猙獰轉為和藹可親的說：「沒關係，碎碎（歲歲）平安嘛！」

同樣的，小仙子也在吉祥話和喜宴菜裡發揮功力——

「年年有（魚）餘！」

「早（棗）生貴（桂）子。」

有一天，小仙子閒來沒事前往人間遛達，遛達來到火車站，火車站月台有一名可

諧義
諧音
諧義
諧音
諧義

愛的小女孩，女孩抱著英文練習簿，拉著卡通行李箱，抓著爸爸公事包，排隊等車。

那位爸爸……小仙子覺得好眼熟，自己似乎曾在什麼時候見過他。

許多年前，在學校裡仍然禁止講方言的時代。

小男孩看見同學挖鼻屎，一不小心吐出臺語的「骯髒」二字，班長聽到了，拿起簿子就要登記。小仙子見小男孩急得如熱鍋上的螞蟻、嚇得像陷阱裡的幼獸，她不忍心，便施了法術……

小男孩靈感乍現，轉頭向班長解釋：「我剛剛說的『胎歌』，是指我早上騎腳踏車來上學時，輪胎嘎嘎軋軋的好像在唱歌，簡稱『胎歌』！」

班長嘟嘟嘴，悻悻然的走了。

又過不久，小男孩向同學借衛生紙，把「上大號」這事用臺語講了出來，鬼魅般無所不在的班長又出現了，他正要往登記簿上落筆，小仙子又及時秀出法力。

「班長，等一下！」小男孩忍著便意向班長表示：「成棒賽、青棒賽、少棒賽這類的棒球比賽，簡稱『棒賽』！」

小仙子驚覺當初差點被罰錢的小男孩，如今已經長大成人，而且還生了一個可愛的女兒。

「因為媽媽要出差，爸爸工作忙，這個暑假妳和阿嬤作伴，開學前再接妳回家。」長大了、當了「爸爸」的小男孩心虛的解釋。

小女生一邊點頭，一邊背英文單字。突然間，爸爸似乎想到了什麼事，問她：「妳會講臺語嗎？」

小女生搖了搖頭。

「學校不是有教？」爸爸皺了皺眉問。

「對呀！課本裡的我都懂，還會背……但是阿嬤說的我都聽不懂，我說的阿嬤也聽不懂。臺語比英語還難呢！」小女生抬頭傻笑著回答。

「這樣子好了，怕妳無聊，我交代妳一個任務：妳教阿嬤念英語，如果開學前阿嬤能把二十六個英文字母唸完，我就滿足妳一個願望！」爸爸指著小女生的英文課本說。

「一言為定！」小女生一直想買電子琴，心想如果教會阿嬤念英文字母，她就能要求爸爸買給她啦！

小仙子跟著父女來到阿嬤家，爸爸把小女生交給阿嬤，又匆匆趕回去加班了。

「阿嬤，我教妳唸英語。」

「阿嬤這麼老了，學這個要做什麼啦！」阿嬤用不流利的國語回答。

「可以出國玩哪！」

「出國？乖孫吔，妳要帶阿嬤出國玩喲？」

「嗯……」為了讓阿嬤願意學英語，好向爸爸領賞，小女生點頭如搗蒜。

阿嬤興高采烈的去菜園摘菜瓜，到雞舍撿雞蛋，晚上要做拿手的農家菜給小孫女吃。

小女生黏著阿嬤說：「阿嬤，來，跟我念A——APPLE！」

「APPLE是什麼？」

「蘋果。」

「蘋果是膨果、林夠！」

「不對，是APPLE！阿嬤妳要學念APPLE的A。」

「A？」

「對！ABC的A。」小女生抱著阿嬤，用力搖晃。

「啊！麥甲我A，我會跛倒！」阿嬤好不容易站穩腳步，看不下去的小仙子，已經朝阿嬤的頭上點了一下仙女棒，阿嬤立刻靈光乍現：「我知影啦……A就是A（推來A去，A乎跛倒的A！」

「對、對、對！」小女生不太懂阿嬤嘴裡念叨什麼，她只知道阿嬤念對了！

小女生唸了一聲「A」，阿嬤輕輕推了她一下說：「A！」

舟車勞頓，小女生吃完晚餐，又看了一會兒電視，沒多久就在客廳的沙發上睡著了。阿嬤用盡九牛二虎之力，才將小女生抱上床。

隔天早上，阿嬤招呼小孫女吃完早餐，就趕著將大清早摘下的玉蘭花擺到市場上賣，賺一點買菜錢。

小女生吵著也要跟，一方面是覺得賣玉蘭花很新奇，另一方面則是想找時間教阿嬤唸英文字母的A到Z。

「B——BANANA！」

「『巴娜娜』是什麼？」阿嬤抓了抓頭問。

「香蕉！」

「哦……『根蕉』！」

「不管啦！跟我唸一次『巴娜娜』……」

「嗶、嗶、嗶！」遠方響起了哨子聲，原來是警察來取締路邊攤。

「俺娘喂！」阿嬤趕緊拉起小孫女，收好玉蘭花，跑給警察追。這時，小仙子的仙女棒不小心掉在阿嬤頭上。

「啊！我知道了，ABC的B，就是警察大人噴嗶仔嗶嗶嗶的B！」

祖孫兩人驚險回到家後，阿嬤進廚房，把和菜販交換來的紅蘿蔔去皮刨絲，準備中午做紅蘿蔔炒蛋，幫小孫女補充胡蘿蔔素顧眼睛。

「現代的囡仔一直看電視、看手機仔，眼睛都不保養……」

阿嬤正叨念著，小女生跑到廚房說：「阿嬤，現在要學C，C——CAT。」

「CAT是啥物？」阿嬤頭歪歪、嘴開開、眉皺皺、臉呆呆。

「CAT就是貓！」

「貓仔？貓仔和C有什麼關係？」阿嬤覺得APPLE和BANANA還聽得出A和B的音，但CAT唸起來根本沒有C在裡面。

這時，小仙子又在阿嬤頭上施展法術了。

「啊，我了解啊！這C就是切菜頭絲、切薑絲的『絲』，菜頭、薑母愛切乎一C一C。」阿嬤望著砧板上剛切好的蘿蔔絲和薑絲，比著切東西的手勢說。

小女生丈二金剛摸不著頭緒，似懂非懂的聽阿嬤半國語、半臺語的向她解釋。小女生努力理解後，得出了結論——阿嬤的意思好像是說C不可以用CAT來記，應該要用CUT（切）才行！

小女生繼續趕進度，在吃午餐之前，她要教會阿嬤第四個字母：「D——DOG。DOG就是狗。」

「免免免！我甲妳講，這『D』我細漢有飼過……D不係狗，係豬！」

「好、好、好！只要妳記得起來，隨便都行。」小女生覺得阿嬤發音好像也沒錯。為了得到電子琴，她必須把阿嬤教會！小女生信心十足，因為弟弟的英文字母也是她教的。

「阿嬤！再來是E，E——ELEPHANT，大象。」

「蝦咪大象！E就是醫生的醫，妳沒聽過救護車的聲音——有醫！有醫！有醫！」阿嬤糾正小孫女。

「第六個字母F——FISH，就是魚啦！」

「F？會赴？會赴就是沒遲到啦！卡早款乎好，出門就會赴。」阿嬤在小仙子的幫助下，開始舉一返三。

小仙子對自己的法力十分滿意，在午飯後、午睡前，她成功幫小女生教阿嬤學會了剩下的二十六個英文字母——

G——奶G（荔枝）的G。

H——乎累累媒人H（的嘴）。

I——真悲I（哀）的I。

J——J係啥（這是什麼）的J。

K——人K（客）的K。

L——下大雨厝頂L（會漏）的L。

M——M對（拿錯了）的M。

N——N倒（翻倒）、N投（緣投、英俊）的N。

O——天OO（天黑黑）的O。

P——P衫仔（披衣服）的P。

Q——炒米粉呷起來QQQ的Q。

R——R（阿）嬤的R。

S——人沒喘氣S（會死）。

T——T頭毛（剃頭髮）的T。

U——U（游）土腳（地板）的U。

V——蠓仔（蚊子）叮一V（叮一包）的V。

W——停水擱要游土腳，只好W（乾布游）。

X——公車這多人，X（會擠死）。

Y——Y（歪）嘴雞想欲呷好米的Y。

Z——這開關毋湯黑白Z（按）的Z。

小女生要求阿嬤天天複習給她聽，免得爸爸來驗收學習成果時會漏氣。

有一次，爸爸打電話到阿嬤家詢問小女生的狀況，順便和阿嬤聊了起來，阿嬤這才發現小孫女和爸爸打賭的事。沒想到阿嬤不但沒有生氣，還下定決心要實現小孫女的願望。

隔天一大早，小女生還沒起床，阿嬤就已經來到小女生的床前，掀開棉被，拉著小孫女說：「卡緊！卡緊幫阿嬤練習，阿嬤練好，妳爸爸才會送妳禮物！」

小仙子也揉了揉眼睛，打著哈欠陪這一對祖孫練習。

日子一天天過去，爸爸要來接小女生了。驗收成果之前，小女生催促阿嬤再複習一次英文字母。她們一起排練了很多遍、複習了許多次，現在阿嬤背誦字母的順口溜，就連小女生也倒背如流。

「A——麥甲哇A（推）的A，B——警察大人噴B仔（哨子）嗶嗶嗶的B，C——薑C、魷魚C（絲）的C，D——D（豬）八戒的D，E——看E（醫）生的E，F——卡早出門卡F（會赴）……」

阿嬤成功了！

爸爸摸摸女兒的頭說：「妳這個小老師很厲害喔！」

隔天，父女倆拎著阿嬤家的有機蔬果、土雞蛋，準備返回位在都市的家。路途中，小女生對爸爸說：「我覺得教阿嬤背完ＡＢＣ，我的臺語好像也進步了耶！」

黃巾力士來告狀，文人大仙來幫忙

老奶奶和其他志工報到後，天庭圖書館展開了新規畫。某日，猿來如此大仙在圖書館門口指揮志工清理圖書館的招牌，見遠方黑氣蔽日、冤氣沖天，不一會兒，一位身穿天庭新人服裝的黃巾力士，便號哭著往猿大仙所站的方向衝了過來。

「冤枉啊！冤枉啊！」那位菜鳥黃巾力士哭啼啼、淚汪汪，連滾帶爬的掙扎著來到猿大仙腳下，哭訴著要大仙主持公道、維護公理。

「怎麼啦？發生了什麼事？」猿大仙扶起力士，細問從頭。

「我原本是人間的一位市長，因為夏季登革熱肆虐鄉里，病媒蚊四處作亂，我見疫情嚴重，任何方法都試過了，卻完全抵擋不住，於是想起中學時國文課教過的〈祭鱷魚文[27]〉。我如法炮製、依樣畫葫蘆，學韓愈大師寫信給蚊子，教牠們自己滾開、自動滾蛋……想不到這樣做一點效果都沒有，連我自己都被蚊子叮到感染罹病死翹翹，去世後還被所有市民恥笑……」

這位菜鳥黃巾力士話還沒說完，遠處又有一位文人大仙急急忙忙跑過來，一見到猿大仙便趴地就拜。

「猿大仙，拜託，救救命。我聽說你救了李白、蘇東坡，讓他們免於被圍毆，你今天也一樣要救救我！」文人大仙抓著猿大仙的褲腳求救。

猿大仙扶起兩位前來求助的天庭人士，仔細詢問到底是怎麼一回事。

文人大仙搶著開口：「天庭不知為何最近來了一些新人，都說要揪團揍我，我一頭霧水，但他們信誓旦旦、怒氣沖沖，專門針對我。沒辦法，為了自身安全，我請教了很多文壇前輩、詩界後進，他們一致推薦猿大仙，所以我三步併兩步，趕快來求助。」

「人家沒事為何要揍您？」猿大仙懷疑事出必有因，人衰必有鬼。

「誰知道他們在發什麼神經，全部的人都說學我寫信給鱷魚或其他小動物，結果被人家嘲笑是神經病……他們把這筆帳統統算到我頭上，這根本沒道理……」

文人大仙話還沒說完，那位菜鳥黃巾力士就跳起來揪著他的領子，用下巴抵著文人大仙的鼻子，凶巴巴、惡狠狠、氣呼呼的說：「就是你！你吹牛說人類可以寫信給鱷魚，我學你照做，結果卻變成笨蛋市長、傻瓜領導，被人恥笑一輩子，全家都抬不起頭來。幸好玉帝看我受苦受難很可憐，把我從陰間撈出來到天庭做個基層公務員，不然我這生前和死後都要被你害死了。」

文人大仙被掐住脖子，掐到連氣都快喘不過來了。

猿大仙連忙上前勸架，將二人分開，要他們解釋清楚。

原來，菜鳥黃巾力士生前就是模仿這位文人大仙寫信給肆虐鄉土的生物，因此遭

27 韓愈被貶為潮州刺史赴潮州任職時，因不忍百姓因鱷魚為害而民不聊生，於是在唐憲宗元和年間寫下〈祭鱷魚文〉。

受到不公平的待遇。

「您當初寫信給鱷魚，鱷魚真的因此離開鄉里，不再傷害民眾了嗎？」猿大仙想要弄明白這件事，如果人家文人大仙用這方法真的有效，其他神仙沒有理由怪罪於他，要怪也只能怪自己信寫得沒有文人大仙好，不足以感天地、泣鬼神、嚇鳥獸、驚蟲魚……

然而，文人大仙卻表示：「老實說，我因為被李白詩仙慫恿喝了孟婆湯，那件事的最終結局，我真的忘光光了。」

「這下子又成了無頭公案。」猿大仙抓著頭、嘆著氣，知道事情沒那麼好辦了。

「既然兩位不約而同都來找我幫忙，我就好人做到底，幫你們調查一下，當裁判、給公道。我先請問黃巾力士大人，您是從文人大仙生前所寫的那一篇〈祭鱷魚文〉，得知可以寫信給蚊子，來解決登革熱病媒蚊的問題，沒錯吧？」

「對！就是那篇大名鼎鼎、每個中學生都要讀，連《古文觀止[28]》都收錄的〈祭鱷魚文〉！」菜鳥黃巾力士深感委屈：「那篇文章寫得好像潮州刺史韓愈多厲害，寫封信燒給鱷魚就能圓滿解決前任長官都解決不了的禍患……而且，傳說文字發明時，『天雨粟，鬼夜哭』，可見文字中一定充滿了魔力。我們讀書人窮其一生都找不到文字神通的證據，見到韓愈大師親身演示文字的神奇力量，證明語文不僅可以拿來寫情書，還可以用來趕鱷魚、驅蟲獸，讀過此篇的知識分子莫不熱淚盈眶、拍案叫絕，引為經典、奉為圭臬！誰知……誰知……」

「想不到我寫的『應用文』真有那麼厲害！這簡直和齊天大聖的七十二變一樣的令人讚嘆。」韓愈大仙開始顧影自憐了起來。

菜鳥黃巾力士見韓愈大仙說起風涼話，氣不過，又企圖衝上前揍他。

「別、別……別衝動，有話好好說，有冤好好訴……」猿大仙像拳擊場上的裁判

28 清人吳楚材、吳調侯叔侄編選、注釋的文選，成書於康熙年間，內容包括先秦至明朝歷代散文二百二十二篇。

一樣，忙著把雙方推開。

好不容易，猿大仙才勸退黃巾力士，請他回去組織「〈祭鱷魚文〉詐騙自救會」，集眾人之力推舉代表，把對韓愈大仙的「控訴」條理分明的整理清楚，猿大仙保證會秉公辦理、毋枉毋縱。

「韓愈大仙也請回去仔細回憶，到底您寫給鱷魚的那封信是否真的有效？鱷魚真的摸摸鼻子、夾著尾巴逃走了嗎？如果能找到鱷魚的回信或是其他直接、間接的證據，證明您的〈祭鱷魚文〉不是詐騙文，如此也可平息眾怒、躲過圍毆。就算無法證明文字書信具有控制非人生物的能力，至少也要舉證您沒有詐騙其他文學愛好者的動機、意圖及行為。」在猿大仙的力勸之下，兩造雙方便各自回府收集資料。

第三章

〈祭鱷魚文〉之神祕事件簿（二）

猿大仙在天庭圖書館也仔細研讀韓愈大仙的〈祭鱷魚文〉，他邊讀邊懷疑：「這文章真有那麼神？」

〈祭鱷魚文〉

維年月日，潮州刺史韓愈使軍事衙推秦濟，以羊一、豬一，投惡溪之潭水，以與鱷魚食，而告之曰：

昔先王既有天下，列山澤，罔繩擉刃，以除蟲蛇惡物為民害者，驅而出之四海之外。及后王德薄，不能遠有，則江漢之間，尚皆棄之以與蠻、夷、楚、越；況潮嶺海之間，去京師萬里哉！鱷魚之涵淹卵育於此，亦固其所。今天子嗣唐位，神聖慈武，四海之外，六合之內，皆撫而有之；況禹跡所揜，揚州之近地，刺史、縣令之所治，出貢賦以供天地宗廟百神之祀之壤者哉？鱷魚其不可與刺史雜處此土也。

刺史受天子命，守此土，治此民，而鱷魚睅然不安溪潭，據處食民畜、熊、豕、

冥頑不靈
而爲民物害者
皆可殺!!
SOS!

鹿、獐，以肥其身，以種其子孫；與刺史亢拒，爭爲長雄；刺史雖駑弱，亦安肯爲鱷魚低首下心，伈伈睍睍，爲民吏羞，以偷活於此邪！且承天子命以來爲吏，固其勢不得不與鱷魚辨。

鱷魚有知，其聽刺史言：潮之州，大海在其南，鯨、鵬之大，蝦、蟹之細，無不歸容，以生以食，鱷魚朝發而夕至也。今與鱷魚約：盡三日，其率醜類南徙於海，以避天子之命吏；三日不能，至五日；五日不能，至七日；七日不能，是終不肯徙也。是不有刺史、聽從其言也；不然，則是鱷魚冥頑不靈，刺史雖有言，不聞不知也。夫傲天子之命吏，不聽其言，不徙以避之，與冥頑不靈而爲民物害者，皆可殺。刺史則選材技吏民，操強弓毒矢，以與鱷魚從事，必盡殺乃止。其無悔！

這篇文章的意思是這樣的：

嗨！

（日期省略），在下是潮州刺史韓大帥，特地派遣部下「軍事衙推」秦濟出差，送來羊一頭、豬一頭，投入惡溪潭中供各位加菜，希望您們一邊吃，一邊聽我娓娓道來：

古代帝王擁有天下，總想幫百姓謀福利，顯擺一下愛民的風采，擺拍一下親民的姿態，示範一下為民的表率，於是燒山林、焚沼澤，使百姓可以種麥、種稻和種菜，用繩子網子消滅蟲害、用刀子鋸子捕殺毒蛇及各種危險的猛獸，將牠們驅逐到八荒之野、四海之外。後世帝王德行薄、沒能耐，執政有點小失敗，無力再統治遠方一帶。於是，長江、漢水之間的公土地及國有財，只能放棄給東南各族去屯墾開採；更何況潮州居中於五嶺和南海，道險阻、路狹隘，離京城萬里之遙，在帝都千里之外；中央指揮鞭長莫及，朝廷施政力有未逮！鱷魚藏身此處孵幼崽、生小孩、繁衍血脈、拉拔後代，倒也沒有什麼理由好責怪。

然而當今天子登上了帝王位，延續了唐朝代，神聖英明慈祥和藹又受人愛戴。天地四方之內，五湖四海之外，都是他統轄安撫、廣被德政的舞臺；更何況「潮州」是大禹治水足跡走過的地帶，和古代揚州同屬海景第一排，是刺史、縣令管轄之所在，年年進獻珍寶貢品、繳交賦稅錢財，供應皇上祭天、祭祖、祭神……各種大拜拜。鱷魚你不可以輕浮懈怠，妄想和刺史在這塊土地上一起稱兄道弟、一塊同樂共嗨！

刺史受天子的指派，鎮守土地並防衛要塞，治理民眾受百姓擁戴。鱷魚你逾越本分不在溪潭水中靜靜處、好好待，竟然占地為寨，把民眾的牲畜及熊、豬、鹿、獐一股腦兒往肚子裡塞，養肥自己的身材，超生自己的後代；傲慢驕橫態度跩，連刺史大人都不甩，逞凶鬥狠想辨比賽，挑戰看誰比較厲害！我這刺史雖然軟弱不成才，也不可能向鱷魚低頭承認失敗，唯唯諾諾、畏畏縮縮，讓百姓官吏恥笑我沒有英雄氣概——這樣活著豈不是太悲哀！總之，本刺史受天子青睞，奉御令指派，來這裏當官誓言把百姓好好疼愛，因此我勢必不得不與鱷魚爭個輸贏、比個勝負、辯個明白。

鱷魚！你如果真有靈性，就聽刺史我好好為你分析其中的是非對錯、得失利害：潮州這一帶，南面臨大海，大鯨、鵬在裡頭徘徊，小蝦、蟹在裡面悠哉；大海把自己當作牠們的豪宅，提供豐富的食材讓牠們在裡頭自由吞、隨意塞。鱷魚你早上從潮州出發大步一邁，晚上就能準時到達大海。現在，刺史我與鱷魚你約法三章、亮出底牌：至多三天，請務必率領你的親族同儕，南遷前往大海，迴避天子任命的地方長官本人韓大帥；三天走不了，就放寬到五天，讓你行李多裝幾袋；五天走不了，就放寬到七天，讓你去左鄰右舍辭別說掰掰；七天還不走，代表你根本不想乖乖離開。顯然你沒有把刺史我放在眼裡，存有僥倖的心態，不肯聽從好意的安排，仍然想為非作歹使壞耍無賴。要不然，便是鱷魚你生物等級低又菜，臉笨腦呆頭殼壞，語文理解有障礙；刺史我對於爬蟲太期待，自作多情真無奈，對牛彈琴純活該。無論鱷魚你是故意對朝廷命官的法令不理不睬，不肯搬家遷移趨吉避害；或者是鱷魚你聽不懂人話，毫無靈性、毀物為害，放任獸性、擾民釀災……以上都該將你處死，送你投胎。刺史我絕對挑選具有相關背景的官吏和民眾——捕鱷高手和殺鱷專才——將強有力的弓弩一把一把拉開，射有劇毒的箭矢給你一個痛快！給各位鱷魚看看我們人類的能耐，誓必讓惡性不改的凶鱷接受制裁，使你們全部嗚呼哀哉！到那時，各位後悔也來不及，最終只能成為山寨包包假名牌——淪落於地攤上擺，落魄在夜市裡賣！

老實說，從文章的字面上來看，無法確認鱷魚是否因此害怕而離開了潮州。不過，依據各種歷史傳說、寺廟壁畫，都表示韓愈真的「文」感動天，「信」嚇跑鱷……

猿大仙待在圖書館的閱覽室裡，苦思如何解決韓愈大仙和黃巾力士的糾紛。時至夜半，有人來敲門……

「已經過了閉館時間啦！」猿大仙一邊覺得奇怪，一邊走向門口。

一位文人大仙神情緊張的站在門外，他鬍子稀疏微禿，鬢毛參差不齊，明顯是被扭斷了好多根。

猿大仙引領文人大仙進館，文人大仙拉著猿大仙說：「聽說韓愈大仙最近被針對了……有很多天庭同事都要找他麻煩？」

「是，沒錯，您難道也要來告發他？」猿大仙瞪大雙眼詢問。

「不、不、不……恰恰相反，我是前來求您務必助韓愈大仙一臂之力。我曾受他恩惠，特地前來看看有什麼可以幫忙的地方……由於擔心會犯天庭眾怒，故深夜來訪，敬請猿大仙見諒。」文人大仙急忙解釋。

「原來如此，好說，好說！可以請教您和韓愈大仙的淵源嗎？」猿大仙被勾起了好奇心。

「在下姓賈名島，乃〈尋隱者不遇[29]〉一詩的作者。」文人大仙慢慢道來：「是這樣的，我年輕時喜歡寫詩，可是我的天賦不像李白、杜甫一樣，喝了酒伸手下筆就來。我寫詩往往要改很久，修很大，而且我思考時喜歡扭鬍、轉鬚，因此把鬍子都給扭禿、拔光了，不明究理的人還以為我練了什麼《葵花寶典》、《辟邪劍法》，需要『揮劍自

29 〈尋隱者不遇〉為唐代詩人賈島所作。全詩如下：松下問童子，言師採藥去。只在此山中，雲深不知處。

宮』的功夫……

「有一次，我想寫一首形容夜晚很安靜的律詩，詩中有一聯『鳥宿池邊樹，僧推／敲月下門』，我一直無法決定下聯的動詞到底是用『敲』好，還是用『推』好……夜已深，寺門肯定上了鎖，用推的肯定推不開；若用『敲』，那麼『叩叩叩』的聲響，導致夜晚就不安靜了。當我一邊走路，一邊思考是『推』好還是『敲』好的時候，不小心撞上了高官的轎子。高官的護衛以為刺客來襲，團團把我圍住，拳拳將我揍昏，最後還把我五花大綁逮到高官跟前，那位高官就是當時尚在人間的韓愈大仙。當時，他聽聞我是因為斟酌詩句太專心才撞上官轎，不但沒有責怪我，反而喜形於色、興致勃勃的對我說：『賈同學，寫詩本官也略懂、略懂，不如把你的疑問講出來，咱們切磋、切磋……』

「於是，我便把不知該用『推』還是『敲』的煩惱說了出來，韓愈大仙聽了笑著對我說：『年輕人就是年輕人……形容安靜不能只寫靜默，應該要加一點點聲響，就如同西瓜雖甜，加一點鹽巴更甜；相反的，金縷衣雖美，拿來當制服卻容易審美疲勞⋯⋯因此，一味的安靜實在不是好主意。難道你沒聽過有人用『現場安靜得連一根針掉在地上（鏘——鏘——）都聽得到』來形容安靜嗎？而且民間流傳有一首名詩叫做〈藍色的左耳〉：你的靜默／令貓的腳步聲／震耳欲聾！』

「我聞言恍然大悟，雖然那首〈藍色的左耳〉我連聽都沒聽說過⋯⋯最後，我的詩句定稿為『鳥宿池邊樹，僧敲月下門[30]』。因為韓愈大仙的牽成、賜教，我竟然在語文界、文學史留下了一則人人日常都會用的詞語叫『推敲』。古聖人說君子應該立德、立言或立功，因為韓愈大仙，我在撞轎的現場達標，因此取得了升天資格。」

「哇！韓愈大仙只幫你改一個字，就讓你千古留名、萬世留言⋯⋯」猿大仙瞠目結舌：「那他撰寫一整篇文章、一整封信給鱷魚，把鱷魚嚇跑，應該是小菜一碟、小事

30 文句出自於唐代詩人賈島〈題李凝幽居〉。閑居少鄰並，草徑入荒園。鳥宿池邊樹，僧敲月下門。過橋分野色，移石動雲根。暫去還來此，幽期不負言。

一椿！」猿大仙覺得韓愈大仙貴為唐宋八大家之首，文字的使用想必能撒豆成兵、潑墨為軍，小小鱷魚應該難不倒韓愈大仙。

到了隔天，猿大仙決定了，有賈島大仙作證，他選擇站在韓愈大仙這一邊。

自救會眾神發狠，圖書館大仙喊冤

隔日，聽信韓愈大仙〈祭鱷魚文〉神效的詐騙受害者團體（簡稱自救會），聚集到了天庭圖書館的多功能教室。出席者除了寫信給蚊子的黃巾力士、寫信給兔子叫牠自己撞樹根的小仙、寫信給秧苗叫它快長大的小神，甚至還有命令教育部長把外公的「外」一字刪掉，好爭取男女平等的前國會議員——當然，他和「寫信給聖誕老公公結果沒收到禮物的」申請者一樣沒被批准入場，因為入席條件是寫信給人類以外的生物。

等自救會成員都入座之後，猿大仙領著韓愈大仙出場，賈島和圖書館工作人員則在旁聽席待命。

自救會代表黃巾力士首先發言：「我們因為相信韓愈大仙寫信給鱷魚的手段，因此對文字充滿了崇高的敬意，懷抱著衷心的期待，所以才東施效顰……喔，不，是如法炮製！想不到這招竟然完全沒效，害我們被世人恥笑，韓愈大仙必須負起責任！」

「對！」

「沒錯！」

「負責！」

「下臺！」

「等等，各位先別激動……韓愈大仙才剛上臺，現在轟他下臺，那今天各位不就白來了？」猿大仙出面打圓場。

自救會成員覺得猿大仙說得在理，於是冷靜下來讓韓愈大仙發言。

「各位，我喝了孟婆湯，真的記不住當初寫〈祭鱷魚文〉的結局是如何……」韓愈大仙為自己發聲：「但我從未在文章裡鼓勵大家學我這麼做，也沒保證大家跟著做一定有效。各位是自己決定寫信給各種生物，卻把沒收到回應的帳算在我頭上，實在沒道理……」韓愈大仙不愧是唐宋八大家之首，說的話頭頭是道，猿大仙頻頻點頭。

「但是你的確寫了信給鱷魚，而且世人不但沒有恥笑你，還把你這篇不科學的文章收錄到中學生都要念、必須背的《古文觀止》裡，這件事其中必有蹊蹺，要不然，世人怎麼不把我寫給蚊子的文章收錄到小學課本裡？」自救會代表黃巾力士不服。

「太無理取鬧了吧！」混在工作人員裡的賈島大仙在底下輕聲的說。不過猿大仙覺得黃巾力士的說法突破了盲點、抓到了重點。照理說，寫信給鱷魚這種不科學、反現實的行為，若沒把鱷魚趕走，理應會被當時的上級處罰、下民嘲笑，結果那封書信未受責難反而被當成經典頌讀，那是在哈囉、搞笑嗎？

「可能是寫作風格太前衛吧。」韓愈大仙自我吹捧。

「最好是啦！你的文風『詰屈聱牙』有夠難讀，這件事人盡皆知！」自救會會員在臺下鼓噪。

猿大仙在圖書館待久了，對韓愈大仙晦澀的文風也是略知一二，因此那篇〈祭鱷魚文〉能收錄在《古文觀止》裡，肯定不是因為文章前衛。而且從韓愈大仙生前「諫迎佛骨」的事件來看，他並非迷信之人，卻在當時出任地方父母官時寫信給鱷魚，這點實在矛盾啊矛盾！

自救會推出的證人——清朝文人林琴南大仙，他大聲疾呼：「〈祭鱷文〉通篇呆裡呆氣……鱷魚哪裡看得懂文章？哪可能理會天子的命令？而且潮州的鱷魚是淡水鱷又不是鹹水鱷，韓愈大仙叫牠們遷到海裡，牠們如果聽話照做，不就等於是自殺嗎？我家鄉有位文壇前輩，厭惡白鷺鷥每天在他家院子裡亂吵亂叫，痛恨每天有清不完的鳥大便，便學韓愈大仙寫了一篇〈祭白鷺鷥文〉，貼在橄欖樹間，想趕走白鷺鷥，結果白鷺鷥照樣成天鬧哄哄、拉便便，這位前輩最後還被鄉里當作笑柄。這世界想用文章來和自然界的生物溝通，太難啦——人都講不聽了，還禽獸呢！」

另一位證人，是與蘇東坡大仙齊名，也和韓愈大仙一樣名列唐宋八大家的王安石大仙，他出面證明韓愈大仙胡說八道：「我在好友奉派前往潮州擔任長官時，送了他一首詩〈送潮州呂使君[31]〉，告誡他『不必移鱷魚，詭怪以疑民』，意思是：不要學韓愈寫信給鱷魚，搞這些怪力亂神的詭計，只會讓人民覺得你神經、神經的。」

有了大仙們的作證，尤其是同列唐宋古文八大家的王安石提出證言，自救會底氣更強了。他們激動喧嘩，差點就要直接衝上臺去動手了。

正當臺上臺下亂成一團，志工區的老奶奶露出滿臉笑容，和賈島大仙一齊揮手示意門外來了賓客。

竹枝詞大仙救援，老奶奶舊識助陣

猿大仙心中明白——救星來了！

「楊柳青青江水平，聞郎江上唱歌聲；東邊日出西邊雨，道是無晴卻有晴[32]……」一位大仙從門口一邊吟詩，一邊飄了進來。

大仙身邊圍繞著兩位小仙童，小仙童在會場飄了一圈，飛到圖書館志工區，和志工老奶奶打招呼。

賈島大仙衝上前，恭敬的作了個揖：「劉兄，您終於來了。」

「時間應該剛剛好……」劉大仙向賈島大仙點了點頭，也向牽著小仙童的志工老奶奶致意，接著轉身向自救會成員發言：「在下劉禹錫，我可以證明，韓愈大師寫〈祭鱷魚文〉沒有詐騙的意思！」

31 王安石所作〈送潮州呂使君〉：韓君揭陽居，戚嗟與死鄰。呂使揭陽去，笑談面生春。當復進趙子，詩書相討論。不必移鱷魚，詭怪以疑民。有若大顛者，高材能動人。亦勿與為禮，聽之汩彝倫。同朝敘朋友，異姓接婚姻。恩義乃獨厚，懷哉余所陳。

32 文句出自於唐代詩人劉禹錫所作之〈竹枝詞／楊柳青青江水平〉。

「證據呢？」自救會代表——寫信給蚊子的——黃巾力士不服。

「證據就是我的名作〈竹枝詞／楊柳青青江水平〉。大家都知道我在**這首詩中用了聲音的雙關修辭法**，這首詩裡寫的太陽雨……道是無『晴』卻有『晴』，其中的玄機連小學生都知道，**就是這天晴的『晴』字雙關感情的『情』字，是含蓄、暗示的問**——我倆算不算是一對情人？」劉禹錫大仙得意洋洋的說：「後世有學我這招雙關修辭的後輩，為愛情界貢獻良多……他應該是讀了我詩中的『聞郎江上踏歌聲』，所以寫下一首名為〈山歌〉的詩：『不寫情詞不寫詩，一方素帕寄心知。心知接了顛倒看，橫也絲來豎也絲，這般心事有誰知？[33]』**這詩中的『絲』雙關相思的『思』，就像我詩中的『晴』雙關感情的『情』**。」

「嗯，您說得有理，但為何說這首〈山歌〉對愛情界貢獻良多呢？您的〈竹枝詞〉也不遑多讓呀！」猿大仙好奇的問。

「我必須說長江後浪推前浪，我的〈竹枝詞〉必須配合太陽雨，可遇而不可求；

後輩的詩借由手帕雙關，手帕不但可以自己做，還可以去市場買，隨時隨地容易取得，重點是——造福了許多『想要送禮卻阮囊羞澀』的熱戀男女！送條手帕附一首詩，禮物輕情意重，成本少噱頭多啊！」

「您說得是！」猿大仙假裝中立，繼續幫自救會提出疑問：「但是，您的詩如何能證明韓愈大仙的〈祭鱷魚文〉並無詐騙意圖與動機呢？」

「那是因為……」劉禹錫大仙身旁的小仙童「異口同聲小仙子」飛入場中，為主人發聲：「韓愈大仙的〈祭鱷魚文〉根本不是什麼神奇文章，他只是用了寫作撰文的人都會用的一招——**聲音的雙關！**」

「您不妨解釋得清楚些。」猿大仙上前作揖，請異口同聲小仙子對大家好好說明

33 文句出自明代詩人之作〈山歌〉，作者不詳。

一番。

「你們也太大驚小怪了，人家韓愈大仙只是聽了我的建議，用了聲音的雙關修辭……」異口同聲小仙子說：「韓愈大仙尚在人間時，被皇帝貶到偏遠的潮州當長官，但是當地有很多地痞、流氓、角頭、黑道，他們對人民的威脅遠比鱷魚的危害更大。韓愈大仙想請他們離開，但是不知那些惡人的『實力』如何？萬一自己的警力、兵力比不上壞人，惹惱了他們，自己反而被綁架修理、痛扁羞辱，那可怎麼辦？我見韓愈憂愁到一個頭兩個大，便領了玉帝的旨意，前去指點他……」

「所以他就寫了〈祭鱷魚文〉？問題是，這樣就可以解決壞人肆虐的問題嗎？」猿大仙追問詳細。

「不是解決惡霸，而是保住小命！」異口同聲小仙子糾正：「韓愈大仙表面上是寫信給鱷魚，但實際上是寫給諧音的『惡』人。線索其實不難找，鱷魚所在的溪流名叫『惡溪』，這不是顯而易見嗎？韓愈大仙假意寫信給鱷魚，但天下人都知道世上只有一種生物讀得懂書信祭文，那就是——人！」

猿大仙聽了，嘖嘖稱奇，頻頻稱是。

自救會聽了，紛紛沉默自省，統統若有所思。

「沒錯！我想起來了！」韓愈大仙拍著大腿，恍然大悟：「當初被降職為潮州長官，**聽說那地方惡霸很凶狠，我才聽從異口同聲小仙子的建議，用『鱷』字的雙關修辭來寫文章**。如果惡人明白我的暗示，自己離開最好；萬一惡人自恃火力強大，把我抓走，我還可以向惡人老大求饒：『大哥，您別誤會，我這信是寫給鱷魚的，不是在說您啦！』如此進可攻、退可守，明哲保身，修辭保命哪！」

「原來如此，人家在作文設計修辭，我們還以為他在升壇施展妖法……」自救會成員都是文學愛好者，慚愧自己沒發現這麼簡單的修辭技巧，還假戲真做的以為韓愈大仙有神通，統統面紅耳赤，個個灰頭土臉的散場回家了。

現場只有一個小仙留了下來，仍舊氣呼呼的瞪著韓愈大仙。

「這位小仙，為什麼您不回轉仙府？難道剛剛韓愈大仙解釋得不夠清楚？」猿大仙出聲詢問仍在臺下逗留不走的自救會成員。

「〈祭鱷魚文〉的神通我尚在人間時壓根兒就不信，因為我服膺科學……不過，我小時候用了韓愈大仙的雙關修辭，被我媽修理得很慘，所以，我認為韓愈大仙仍然應該向我道歉！」這位仙人嘟著嘴說。

「到底是發生了什麼事？」韓愈大仙向前問明詳情，順便認識來人：「對了，請教您貴姓大名？」

「我姓胡名適，我爸叫胡鐵花，他在我很小的時候就過世了……」胡適小仙一臉委屈的說：「有一天，我想出去玩，媽媽叫我穿外套，她說天氣『涼』了，怕我感冒生病。我不想穿，就學韓愈大仙那一招『聲音的雙關』，對媽媽說『涼』（娘）什麼，老子都不老子了！然後……嗚……嗚……」

第四章

〈七步詩〉的大祕密（一）

才高八斗喊救命，七步成詩大明星

辦公室設在天庭圖書館的猿大仙，已經變成仙界眾神之間口耳相傳的洗冤大偵探、青天大老「猿」！任何文人（尤其是有被圍毆風險的）大仙、大神，他們洗刷誤會、恢復清白的唯一希望，就是天庭圖書館的賽柯南「猿來如此」——猿大仙。

有一天，他和志工老奶奶、異口同聲小仙子、一字多義小星君，正在研究如何教外國人注音符號：

ㄅ——Birthday 的ㄅ。

ㄆ——Person 的ㄆ。

ㄇ——Murmur 的ㄇ。

ㄈ——First 的ㄈ……

這時，一位文人大仙闖了進來，又是熟悉的戲碼——大喊救命！

猿大仙已經研擬了一套SOP，他們分工合作，藏苦主的藏苦主，勸來人的勸來人，好不容易安撫、解散了一群惡狠狠、凶巴巴想圍毆大仙的天庭同事。

搞定危機後，小仙子和小星君幫忙獻上一杯安神茶，讓受驚的文人大仙歇一口氣、收一下魂。

「您因為什麼事被圍毆？」猿大仙習慣性的拿起筆記，祭出火眼金睛，看看來人到底有何委屈。

「他們都說我是宇宙臭屁王中的臭屁王……」被追殺的文人大仙，一副文質彬彬、年少有為的模樣，看起來像是受過良好教育的官二代，談吐之間絲毫無驕傲、輕視人的神色，顯然又是一位被誤會的可憐蟲。

「不如，您先好好自我介紹一下！」猿大仙依照處理前面幾樁案件獲得的經驗和直覺，認為問題肯定出在文人大仙的代表作裡，因此問清來歷及其作品，線索便在其中。

這位文人大仙還未自我介紹，便喃喃念出了一首詩：「煮豆燃豆萁，豆在釜中泣，本是同根生，相煎何太急？[34]」

「難道……您就是名震八方、才高八斗的……」猿大仙眼睛一亮。

「沒錯，我就是曹植——曹子建！雖然我和李白暢飲過孟婆湯，但我依稀記得——並在圖書館查找確認過——在世時，我的父親很有名叫曹操，我的哥哥也有名叫曹丕，我留下一則故事很有名叫『七步成詩』！」曹植大仙嘴巴滔滔不絕，猿大仙眼睛閃閃發亮。

「失敬！失敬！」猿大仙久仰曹植大名。

「您這麼有地位，比蘇東坡大仙、韓愈大仙還資深，怎麼也落得被圍毆的下場？」小仙子和小星君好奇的問。

「老實說，我也不知道為什麼會飛來橫禍。我剛剛參加了『七步成詩』研討會，輪到我發言時，我推翻了所有與會者對七步詩的盛讚，冷冷的說了句：『五個字寫四行湊成一首詩，竟然還要走七步，這實在是太遜了！』沒想到話才說完，參加研討會的來賓就突然抓狂，說我太狂妄，其中一位名叫賈島的沒鬍鬚大仙，眼睛都充血變紅了，衝上來就要揍我！」曹植大仙委屈萬分的說。

「果然天賦高低是天生注定，人家賈島寫詩把鬍子都扭禿了還寫不出來，您七步寫一首詩還嫌太慢，而且又自目的大刺刺說出來，這樣真的會氣死人。難怪舉世聞名的自大狂謝靈運大仙會誇您『才高八斗』，您們倆可真是臭味相投、一丘之貉。」猿來如此大仙一邊翻查資料，一邊吐槽曹植大仙。

「謝靈運？」曹植大仙有點茫然。

猿大仙告訴曹植大仙：「謝靈運是南朝詩人，他晚了您約兩百年出生，他宣稱『天

34 據《世說新語．文學》記載，魏文帝曹丕妒嫉其弟曹植的才能，便命曹植在七步之內完成一首詩，否則便要將之處死。曹植便作〈七步詩〉：煮豆持作羹，漉菽以為汁。萁在釜下然，豆在釜中泣。本自同根生，相煎何太急？此詩流傳於後世，於小說《三國演義》中出現了四句版本的〈七步詩〉：煮豆燃豆萁，豆在釜中泣，本是同根生，相煎何太急？

下才共一石，曹子建獨得八斗，我得一斗，自古及今共用一斗』。意思就是天下所有的文才加起來一共十斗，曹植大仙您獨得八斗，他個人得一斗，剩下的就由古今中外其他天下人去分……」

「他還滿謙虛的嘛！知道自己的文才只有我的八分之一。」曹植大仙覺得這個後生孺子可教也。

「其實，他說這句話時，您已經升天一百多年啦！」猿大仙把實際狀況告訴他：「由於您不在世上，不可能和他爭搶文才的排名，因此給您再多額度都沒關係。他這句話的重點在後兩句『我得一斗，自古及今共用一斗』，意思是說從以前到當世，全天下的文才加起來勉強能和他一人的文才相當，也就是說他一人抵古今天下文人！」

「這麼臭屁？那我豈不成為被他臭腳踩在肩膀的巨大工具人？」曹植大仙有點不爽。

「可以這麼說！」小仙子和小星君不約而同的提醒曹植大仙：「因為謝靈運的臭

屁性格得罪了很多文人，那些文人升天之後肯定很討厭他，而您的臭屁程度又被他認證是自己的八倍，因此殃及池魚的您很可能也會被討厭！」

「所以我公開表示七步寫詩太久，結果慘遭圍毆，是因為自滿的新仇加上臭屁的舊恨，以至於他人眼紅暴怒？」曹植大仙豁然開朗，終於明白自己為何被揍。

「大仙，您真的能在七步之內寫出一首詩嗎？」猿大仙覺得很不可思議：「如果真能在比七步還少的時間內作詩，那麼謝靈運大仙說您才高八斗，也算是名副其實哪！」

「雖然我喝了孟婆湯記憶若有似無，但從文獻所述，我也得知了自己在世時的處境。老實說，就算有孟婆湯稀釋我腹中的墨水，我不必走七步也能寫出一首詩。」曹植大仙自信滿滿、老神在在、下巴高高、尾椎翹翹的表示。

「口說無憑！」猿大仙使出激將法，想測試一下臭屁謝靈運評價的「八斗文才」是否有偷斤減兩、灌水充氣：「我們不如重現當時的場景，證明您所言不虛。」

「好，沒問題！這件事我不記得的部分，書上有寫；我記得的部分，書上沒記……我合併了書上的記載和腦中的記憶，現在就為各位重現當時的情景……」

綠豆湯裡小豆子，四步草稿三步詩

我，曹植，字子建，有一位很有名的爸爸名叫曹操，還有一位很有名的哥哥名叫曹丕，更有一則很有名的故事叫「七步成詩」。

我和我的爸爸、大哥都很喜歡寫詩、寫文章，大家公認小弟我寫得最快、最好，爸爸也很喜歡我這個小兒子，本來想把王位傳給我，可是爸爸還沒宣布就死翹翹了，因此按照慣例，必須由哥哥當繼承人。

哥哥繼承王位後，天天擔心我會把他王位搶走，因為所有的大臣都知道——爸爸比較疼小弟我。

而且哥哥曾經對我做了一件非常過分的事，就是把我的女朋友搶去當老婆，女朋

超過7步寫不出來
直接砍頭喔!

友被搶之後，我還寫了一篇文章紀念這位前女友，那篇文章名為〈洛神賦[35]〉。各位，現在人間有一種飲料叫「洛神花茶」，命名原因應該和我的文章有關，畢竟它喝起來酸酸的，有如失戀和吃醋的味道。

因為感情上的糾葛，哥哥認為我絕對不會放過他，一定會聯合大臣把王位搶走，所以我哥哥決定先下手為強。他想到一個好藉口，把我叫到大殿對我說：「弟弟，外面的人都說你寫詩作文最快、最好！這樣子好了，我給你七步的時間寫出一首詩，如果你寫不出來，就表示你在外面做不實廣告，簡直是詐騙集團、黑心廠商，如此的話，我就要把你的頭顱砍下來！」

聽到哥哥給我七步的時間寫詩，我第一個反應是——七步？那麼久？一首詩就五個字寫四行，順便再押個韻而已，為什麼需要七步那麼久？哥哥你自己寫詩寫得慢，不要以為別人寫詩也很慢！

因為時間很寬裕，所以我決定用四步的時間先打個草稿，再用三步的時間慢慢修改。我馬上完成了一篇草稿：「哥哥你好壞，把我來出賣，搶我女朋友，還砍我腦袋！」四步就夠了，何必要花到七步？

可是我在不同的典籍記錄裡，發現當初寫的草稿有不同版本，有的書中記載的草稿是：「哥哥真無恥，想要讓我死，搶我女朋友，趕快去吃屎。」

總之，我用四步就寫完了一首詩，傳說中的七步實在是有點小看我……

「這算詩嗎？」猿大仙插嘴打斷曹植大仙的場景重現。

「押韻的詩寫得再差也算打油『詩』！」曹植大仙自圓其說：「其實寫詩一點都不難！不信的話，我念其他書籍上找來的草稿版本給你接接看。『哥哥你好賤，從小把

35 曹植於魏文帝黃初年間所著。最早見於蕭統《昭明文選》，其序稱曹植由京城返回封地時，途經洛水忽然有感而發，故作此賦。亦有一說認為，此賦文的創作與魏文帝曹丕元配甄氏（即曹植之嫂）有關。

我騙，搶我女朋友，快去吃……』」曹植大仙吟出另一版四步詩。

「大便？」猿大仙直覺脫口而出。

「你看！是不是很簡單？連猿大仙你都擁有詩人的靈魂。」曹植大仙滿意的對猿大仙剖析：「為什麼你能擁有詩人的靈魂？那是因為大家從小都念過類似的童謠──點仔膠，黏到腳，叫阿爸，買豬腳……大塊呆，炒韭菜，燒燒一碗來，冷冷我不愛……ＡＢＣ狗咬豬，阿婆仔坐飛拎機，摔落塗腳冷吱吱……新娘新娘水噹噹，補底破一坑……不是臺語的也有：三輪車，跑得快，上面坐個老太太，要五毛，給一塊，你說奇怪不奇怪──有什麼好奇怪？找她五毛就好啦！難道車夫不找錢嗎？這類童謠純粹是想訓練小朋友的詩人靈魂罷了。」

吐槽完，曹植大仙繼續場景重現──

雖然我四步就能作出一首詩，但聰明蓋世的我馬上發現這篇詩稿不能交出去，因為我的哥哥身邊有很多太監、宮女和大臣，如果我把四步詩當場念出來，旁邊的太監、宮女和大臣一定會馬上「噗嗤」笑出來；他們噗嗤笑出來，我的哥哥會沒面子；我的哥哥沒了面子，雖然他不會砍我的頭，但是會把我的頭以下砍得稀巴爛，這樣一來我依然死定了。

於是天縱英才的我，用剩下三步的時間，重新寫了一首現在大家都會背的——煮豆燃豆萁，豆在釜中泣，本是同根生，相煎何太急？

所以，這首詩不是七步詩，而是三步詩。

而且這首詩的內涵其實是一則童話，只是用「五字寫四行且押韻」的詩歌形式完成罷了。它的題目應該叫做〈綠豆湯裡小豆子的故事〉，用現代人的白話文來翻譯就是——

從前，從前，有一顆小豆子，他早上起床的時候發現周遭很熱，於是打開窗戶往下一看，發現是他的豆萁哥哥發火了，冒出熊熊火焰在燒小豆子！快變成綠豆湯的小豆子，急忙對著樓下的豆萁哥哥說：「豆萁哥哥、豆萁哥哥，我們都是豆根媽媽生的，你不要這樣子虐待我嘛！」

我在哥哥的朝堂上，將這首「童話三步詩」朗誦出來，聽到旁邊的太監、宮女和大臣竊竊私語：「那個弟弟死到臨頭了，還在瞎編什麼〈綠豆湯裡小豆子的故事〉。」但是，我的哥哥聽懂了，他知道我借用小豆子的故事向他表明：「我們都是同一個媽媽生的，哥哥你不要這樣子虐待我嘛！」我用童話三步詩保全了哥哥的面子，哥哥也因此感到後悔慚愧，饒了我一命。

我這首詩可算是文學史上最值錢的詩作品呢，因為它價值一條「人命」！

「後世讀到這首詩的人都說我很厲害，但是『我很厲害』這件事，對世界文壇一點幫助都沒有呀！我想謝靈運會說『世上文人共分一斗文才』的原因就在這裡，因為那時的文人讀到七步詩，得到的心得大概只是『曹植好棒棒』！但那個臭屁謝靈運，肯定

讀出了我這七步詩中最大的勵志之處、修辭之美、智慧之光、保命之舉……亦即**凡事『不要直接講，要用別的東西來幫你講』**！你看，得到我詩中精髓的謝靈運，在臭屁自誇時也沒直接講自己很厲害，而是把我從墳墓裡挖出來幫他站台、背書。表面上誇我才高八斗，自己只有一斗，好像很謙虛似的，實際上是讓我變成巨人幫他抬轎，讓他踩在肩膀上，顯示他一人的文采抵得上古今千萬人！」

「原來如此！」猿大仙和在場眾仙，這才恍然大悟七步詩的真諦。

「所以外頭那些被謝靈運嘲諷的文人大仙，跑來揍我根本沒道理，」曹植大仙說：「謝靈運雖臭屁，但的確有得到我三（七）步詩的真傳。啊！我想起來了，我在圖書館查過，他的姑婆——就是他爺爺的姊姊——那位寫『未若柳絮因風起[36]』的才女謝道蘊，

36 文句出自《世說新語》〈言語〉篇。謝太傅寒雪日內集，與兒女講論文義。俄而雪驟，公欣然曰：「白雪紛紛何所似？」兄子胡兒曰：「撒鹽空中差可擬。」兄女曰：「未若柳絮因風起。」公大笑樂。即公大兄無奕女，左將軍王凝之妻也。

她的成名詩句，也是用我七步詩昭示的原理原則創作而來，可惜她後來嫁作官人婦、洗手作羹湯，沒再用這招撰文寫詩，而是用這招對付她老公。」

「此話怎講？」猿大仙覺得好像又可以從曹植大仙的嘴裡，獲得圖書館裡沒收藏的知識。

「我忘了是誰告訴我的八卦……道蘊小姐結婚前，還是男朋友的老公追她追得很勤，只要道蘊小姐說：『我想吃鹽酥雞。』她的男友就會『咻——！』的一聲，一下子就買回來；道蘊小姐說：『我想吃豆花。』她的男友就會『咻——！』的一聲，一下子就買回來……可是結婚之後，男朋友變成老公，就沒有那麼勤勞了。有一天，道蘊小姐又想吃鹽酥雞，她對老公說：『老公，我想吃鹽酥雞！』她老公卻對她說：『那麼胖了，還吃？』於是道蘊小姐說：『那我吃豆花好了。』沒想到老公又回：『現在已經晚上十點，哪裡有在賣豆花？明天再說啦！』因此道蘊小姐就沒得吃了。

「後來道蘊小姐懷孕了，懷孕的人都會想亂吃東西，有一天她又想吃鹽酥雞，便對老公說：『老公，我好想吃鹽酥雞！』她老公指著她的肚子說：『肚子那麼大了，還吃！』這時，道蘊小姐想起我七步成詩的故事，於是指著自己的大肚子對老公撒嬌：『老公，這不是我要吃的，是你兒子要吃的啦！』她的老公馬上『咻——！』的一聲，一下子就買回來了……『老公，你兒子還想吃豆花。』咻——！『老公，你兒子還想喝奶茶。』咻——！『老公，你兒子還想吃蛋糕。』咻——！」

曹植大仙把謝道蘊演繹得維妙維肖、有模有樣，猿大仙和圖書館的伙伴看得瞠目結舌、呆若木雞。

第四章

〈七步詩〉的大祕密（二）

臭屁大仙被抓到，嫁人大仙來作保

猿大仙剛從曹植大仙口中得知「七步成詩」的祕密，沒想到天庭圖書館外紛擾又起，一群天庭大仙拖著一位被揍得鼻青臉腫的文人大仙進到圖書館。

「那位才高八斗的臭屁王中王在哪裡？給我出來！」眾仙大叫。

猿大仙急忙衝了出來，拉起那位受傷的大仙，呼籲其他激動群眾保持冷靜。

「請問您是哪位？」猿大仙詢問倒在懷中奄奄一息的大仙。

「我就是『才高一斗，臭屁我有』的蓋世大仙——謝靈運，他們是在人間時被我藐視的『共一斗名譽受損自救會』會員，因為不滿在世時被我用鼻子瞪、以冷眼瞧，因此到了天庭挾怨報復、尋釁滋事……」

謝靈運大仙話還沒講完，就有「共一斗名譽受損自救會」的會員看見曹植大仙，大喊著：「那個比謝靈運臭屁八倍的在那裡，我們衝過去揍他！」

曹植大仙見狀拔腿就要跑，自救會成員發現蜂擁瘋狂追。

猿大仙和小仙子眼見阻止不了，正努力想求饒呼救，圖書館門口忽有人大喝一聲：「且慢！各位大仙前輩手下留情、拳下留人、腳下留臀、肘下留骨……」

自救會成員被吼聲嚇了一跳，回頭一看，竟是兩位裝扮如李白大詩仙的仙人，他們幫忙搶救曹、謝兩位大仙。

「住手！你們這群蠢貨，難道不知道『君子動口不動手』的道理嗎？」兩位大仙高聲喝阻，自救會成員聞言停止了拳腳，卻改用嘴巴咬……

好不容易把曹植、謝靈運大仙和其他自救會大仙隔開，猿大仙要雙方冷靜下來。

這時，兩位唐朝大仙才有機會自我介紹。

「我是唐朝詩人王建，我最有名的詩是〈新嫁

娘〉：三日入廚下，洗手作羹湯，未諳姑食性，先遣小姑嘗。」

「我是唐朝詩人朱慶餘，最有名的詩是〈閨意／近試上張水部〉：昨夜洞房停紅燭，待曉堂前拜舅姑，妝罷低聲問夫婿，畫眉深淺入時無。」

「阿娘喂！」圖書館的志工老奶奶聽完小仙子和小星君的翻譯後，大驚失色的說：「唐代就有同性婚姻啊？怎麼那兩位大男人都嫁人啦！」

「不是啦，老奶奶，妳誤會了！」兩位大仙不約而同的澄清：「我們的詩使用了曹植大仙的修辭法──也就是**不要直接講，用別的東西幫我們講！**」

老奶奶和自救會成員要他們倆說明清楚，於是兩位大仙娓娓道來──

「身在唐朝，那時科舉考試寫文章有個不成文規定叫『行卷、溫卷』，就是在考試之前找可能當主考官的朝中大員過目、指導文章，據此了解本次作文考試的考官喜歡怎樣的寫法，中意何種的風格，以增加應試上榜的機會。這是公開的祕密，潛在的規則……不過我們考生通常沒功名、沒背景、沒管道可以見到大官，因此大多只能拜託大官身邊的助理。我們如果把文章交給助理品評，總不能太明目張膽，公然表示我要合法作弊，於是就得用迂迴的方式來暗示，別說得太白……幸好，有了曹植大仙示範，我們便學七步成詩的方法——大師用小豆子代表自己，我們就用新嫁娘『做羹湯或化彩妝』擔心會被公婆嫌棄的憂慮，來代替考前忐忑不安的心情——多虧了曹植大仙，我們才不必在文章上留下考試作弊的證據，並有機會寫出流傳千古的詩句。」

朱慶餘大仙也表示，他那屆主考官助理張籍大仙，當時特地回了他一首同樣用「七步成詩」大法作成的詩，借曹植大師的招數彼此往來，不但躲過了應試舞弊的追訴調查，還避免了輿論流言的口誅筆伐——

那首詩便是〈酬朱慶餘〉：

越女新妝出鏡心，自知明豔更沉吟。齊紈未是人間貴，一曲菱歌敵萬金。

寓意是：你別太謙虛啦！肯定榜上有名，鐵定名列前茅。

畫虎畫皮難畫骨，踏花歸去香馬足

兩位唐朝詩人大仙站在曹植大仙這邊，幫助他們對抗自救會。雖然有了兩位大仙加持，但是雙方的勢力差距還是很大。

正當自救會要再發起新一波攻勢時，圖書館外又傳來了騷動，一群天庭大仙拿著畫筆、畫板、畫架衝了進來……

「且慢！各位前輩手下留心、拳下留意、腳下留臉、肘下留鼻……」

猿大仙覺得奇怪，這些新來的大仙裝扮不似文人，倒像是畫家。

「各位，你們不能傷害曹植大仙，因為他不但保住了自己的人頭，也保住了我的人頭！」帶頭的畫家大仙高聲說道。

「沒錯！要是我們早一點認識曹植大仙，學了他的『以彼喻此，借此喻彼』的譬喻、借代大法，我們的人頭就不會掉下來了。」除了剛剛那位帶頭發言的大仙以外，其餘畫家大仙紛紛把自己的項上人頭拔下來，捧在自己的胸前，把所有自救會成員都嚇了一大跳。

猿大仙因為身懷火眼金睛法寶，故能保持冷靜，出面把場面控制下來。

「各位、各位！先不要驚慌，天庭只有神仙，沒有鬼怪，請各位處變不驚、稍安勿躁！我們請這群新來的大仙先自我介紹，並且說明他們支持曹植大仙的理由。」

於是，帶頭（頭沒掉）的那位畫家大仙開始發表演說——

「我們在人間是宋代的畫家，當時的皇帝很喜歡看人畫畫，但他有另一項毛病，就是很喜歡砍人的頭。有一天，他既想看人畫畫，又想砍人的頭，於是他自以為聰明的想出了一個好主意，就是把全國的畫家都找來，出一個題目給畫家們畫，若是畫不出來……就砍頭！

「當時皇帝出的題目是『踏花歸去馬蹄香』，意思是說：有一個人騎馬回家，中途經過一個小山坡，山坡上長滿了小野花，小野花被馬蹄踩踏過，那人回到家後，發現他家馬兒的馬蹄上沾染了花香味。

「這馬和花倒是不難畫，但是香味要怎麼表現？可就難倒了大家。有些人只畫了馬和花——沒畫香味，砍頭！有些人畫了三條曲線代表香味——香味、臭味分不清，砍頭！有些人畫了一位身穿綾羅綢緞的女士騎馬，認為女生一定會噴香水——皇帝卻表示她可能三天沒洗澡，砍頭！有些人在馬蹄旁畫了一個箭頭，然後寫了一個大大的『香』字——皇帝認為這是作弊，砍頭！

「總之，我身旁的這些畫友一個個身首異處，一位位項上無頭……輪到我的時候，我本想自暴自棄的宣布放棄，可是我突然想起小時候讀過一則『差一點被砍頭』的故事，那就是曹植大師的『七步成詩』。曹植大師用豆子、豆萁、豆根代表他和哥哥、媽媽的關係，因此保住了項上人頭——這點讓我有了作畫的靈感，**我決定不要直接表現，而是用別的東西來代替！**

「因此，我冒險一試、如法炮製——**用其他看得見的事物來代替『香味』**！最終畫

了幾隻蝴蝶在馬蹄旁飛舞，為了避免模糊焦點，我沒有畫花朵，因為畫了花，蝴蝶就可能是為了花，而不是為了有香味的馬蹄而來。由於我畫了一匹『有蝴蝶圍繞馬蹄飛舞』的馬兒，完成了皇帝的命題，皇帝看了無話可說，最終讓我的頭顱繼續留在脖子上。

「升上天庭後，其他『先走一步』的畫友得知此事，紛紛扼腕表示『原來文學家也是畫壇的好朋友，文學技巧同時也是繪畫技巧啊！』，於是我們一致同意授予曹植大師『畫壇之友』的榮譽。如今大師有難，我們為了幫他，就算要拋『頭顱』、灑熱血也在所不惜！」

自救會成員見到畫家大仙們作勢要把頭顱當躲避球丟過來，統統嚇得軟腿，紛紛尿了褲底。

有了畫家大仙軍團助陣，現在雙方勢均力敵，彼此僵持不下，猿大仙有了底氣，出面充當和事佬。

他對自救會成員好生勸告：「各位實在不該對謝靈運大仙的臭屁懷恨在心，你們想想看，『誇飾法』不正是大家常常使用的文學技巧嗎？誇飾法從某個角度來看，不就是吹牛嗎？謝靈運說自己才高一斗雖是吹牛，也算一種誇飾法，要不然李白大仙寫『白髮三千丈』、『十步殺一人，千里不留行』，不就同樣要抓來打屁股、扭耳朵嗎？我想各位寫文章也沒少用誇飾法吧！我們總不能只准州官放火，不准百姓點燈——只許自己誇飾，不許別人吹牛吧？」

自救會的文人大仙面面相覷，默默低頭，說不出話，吐不出字——由於曹植大仙這邊的粉絲數量和己方平分秋色，看來無論比道理或比拳頭都沒勝算，他們只好摸摸鼻子、聳聳肩膀，互相商量一下就解散回家去了。

「你這兒真是落魄文人大仙的庇護所！」度過危機的曹植大仙，扶著被揍得半死的謝靈運大仙，向猿大仙及畫家大仙們道謝。他們在畫家大仙們的保護下，安心的踏上歸途。

臨走前，猿大仙從圖書館追了出來，他叫住曹植大仙說：「曹大仙，我在整理圖書館的時候，對您的七步詩萌生兩個疑問，可否趁機請教一下作者本人？」

「你有恩於我，當然沒問題。雖然我喝過孟婆湯，可能無法記住所有的事，但我一定會用殘存的記憶、慣有的思緒以及文藝的邏輯，好好回答你的問題，解開你的疑慮。」曹植大仙誠心回應。

「我在《世說新語》見過的〈七步詩〉是六句版本的『煮豆持作羹，漉菽以為汁，萁在釜下然，豆在釜中泣，本自同根生，相煎何太急？』請問是六句為真，還是四句為真？」猿大仙一邊翻書一邊提問。

「我雖然不記得了，但是我可以告訴你：行文作詩，五個字可以寫完，千萬不要用七個字；四句話可以說完，沒必要用六句——除非你是刻意修辭，例如對偶、排比、頂真……」曹植大仙想都不想馬上回答：「如果是我，意思一樣，四句當然優於六句！」

「原來如此……」猿大仙一邊點頭，一邊提出第二個問題：「《三國演義》裡說，您哥哥曹丕不准您在詩中寫出『兄弟』二字，可是您的草稿裡卻有……」

「NO——！我草稿裡寫的是『哥哥』，沒有『兄弟』喲！」曹植大仙搶話：「猿大仙，難道你沒發現嗎？不管是《世說新語》或《三國演義》的作者都明白了一件事，七步寫出一首詩對才高八斗的我來說實在是小CASE，畢竟只要押韻，再爛的詩也算是打油詩！所以才會一位主動幫我多兩行，一位自動幫我加限制，但他們這種作法實在是畫蛇添足，脫褲子放屁啦！」

「原來如此、原來如此！」猿來如此大仙豁然開朗。

「偷偷告訴你，《三國演義》寫我創作『煮豆燃豆萁』那四句詩是『應聲』而作！」曹植大仙甩甩手、挑挑眉，用一副自信破表的神情，說：「謝靈運是為了臭屁自己順便吹噓我『才高八斗』，但我本人沒那麼自大。要我『應聲』作出一首詩不難，我雖不一定寫得出『煮豆燃豆萁』，但絕對可以寫出……哥哥你祝壞，對哇有夠歹，搶哇女朋友，趕緊去呷賽！」

第五章

「亂寫壽聯」事件簿

八十老母下凡塵，三個兒子作賊人

解決曹植大仙的危機後，猿來如此大仙終於得空，可以稍稍閉館休息一陣子。然而能力愈高，責任愈大！就像齊天大聖孫悟空和其他超人英雄一樣，當你擁有了比別人厲害的能力，那麼妖魔鬼怪、外星異獸自然而然都會出現在你面前，成為你的義務、公務、任務、勤務或外務……

老奶奶和小仙子、小星君應豬八戒的後代——豬十八戒——的邀請，一起前往廣寒宮去喝桂花茶、嚐桂花糕、品桂花蜜，猿來如此大仙則準備偷空規畫天庭圖書館的嶄新空間，策畫如何重新布置書架和書籍分類。

獨自看顧圖書館的猿大仙，本想悠哉享受清靜時刻，但才過了沒多久，圖書館外就來了四位神仙，不，應該說是三位大仙拖著一位死命掙扎的大仙。

「怎麼啦？怎麼啦？」猿大仙充當和事佬已經駕輕就熟：「有話好好說，有怨好好吐，有冤好好伸，有仇好好喬……」

三位大仙放下奄奄一息的大仙，那位可憐大仙好不容易才緩過氣，接著便嘻皮笑臉的拍去身上沙土，狼狽萬分的站了起來：「猿大仙您好，久仰大名。我跟他們說，如果要修理我，必須經過天庭圖書館猿大仙的仲裁，否則我不服。」

猿大仙十分有禮貌的請他們把來龍去脈說清楚。

「事情是這樣的……」三位大仙從外表就能看出是同胞兄弟，老大先發言：「我們在天上調查了好久，終於找到了這個痞子……可以報復他在我母親壽宴上胡搞瞎搞之仇！」

三位大仙你一言、我一語，輪流說明——

原來他們三位大仙曾在人間當大官，請來年輕的挨揍大仙到八十老母壽宴上揮毫書寫壽聯，他們花費許多白花花的銀子，結果那位挨揍大仙竟然在壽宴上亂寫一通、瞎搞一頓、胡鬧一場……

天庭圖書館

「他寫了什麼內容？」猿大仙要三位大仙提出證據，不可空口無憑，血口噴「仙」。

「我們喝了孟婆湯，老實說記不太住當時他寫的那副對聯，不過我們知道他先罵人後誇人，教我伸手不打笑臉人，害我抬腳難踹馬屁精。幸好，天庭有圖書館，我們去找了各種記載，可是版本超級多——

這個婆娘不是人，九天仙女下凡塵。生個兒子都是賊，偷來蟠桃壽母親。

這個老婆不是人，恰是南海觀世音。養個兒子會做賊，盜得蟠桃敬母親。

八十老母不是人，瑤池金母下凡塵，三個兒子都作賊，偷來仙桃孝母親。

八旬老太不是人，南海觀音下凡塵，三個兒子都作賊，天宮偷桃獻母親。

總之，看起來都不是什麼好壽聯。」

三兄弟花錢被糗，紀大仙慘遭痛毆

「版本成千上百，對聯五花八門，我們也不知道哪一副壽聯才是正確的，但我們可以確定：無論哪一個版本，都是先辱罵我們的母親不是人，後毀謗我們三兄弟是盜賊！」

「可是我看這下半聯，顯然自圓其說，也算是說了好話、拍了馬屁啦！」猿大仙好言相勸。

「什麼好話？」三兄弟怒火更盛：「我們花大錢得到這樣的對聯，被全部賓客恥笑，遭後世學子譏嘲……實在是養了老鼠咬布袋，賠了夫人又折兵！猿大仙，我問你，這樣的壽聯內容，換作是你，你敢高高掛在壽宴上嗎？」

「老實說……我不敢！」猿大仙實話實說。

「就是說嘛！受人之託，忠人之事；收人錢財，幫人辦事！這痞子收了我們付的酬勞，就不該寫出一副讓我們無法掛出來的壽聯，這擺明就是收錢不辦事，詐欺不誠實！猿大仙你說，是不是該打？」三兄弟顯然愈來愈火大。

猿大仙見三位大仙說得在理，便轉頭詢問被揍的大仙。不過猿大仙在圖書館工作久了，校對成習慣，訓詁成興趣，他最想知道的反而不是大仙被揍的緣由，而是壽聯的真正版本：「這位大仙，請問哪一副壽聯是您當初在人間寫的？還有，您收了人家的潤筆費，為什麼卻嘲諷人家？畢竟過生日的老太太和您無怨無仇啊！」

「我雖然喝了孟婆湯，忘記自己當初寫了什麼，但猿大仙您這問題也太容易回答了……」被揍的大仙被問題惹怒了：「我就算喝十杯、百杯孟婆湯也不會忘記壽『聯』必須是一副對聯，**對聯必須對偶**、**對仗**，這三位大仙文學造詣太差，找到的版本裡就只有一副符合對聯的格式，猿大仙您實在多此一問！」

「您是指……？」猿大仙雖然心中有譜，但還是希望大仙自己宣布。

「其他版本我用膝蓋想也知道是假的……唯一符合對聯規則的只有『八旬老太對『三個兒子』，『不是人』對『都作賊』，『南海』對『天宮』，『觀音』（這裡有轉品修辭，名詞變成動詞＋名詞）對『偷桃』，『下凡塵』對『獻母親』……只有這副壽聯對得稍微工整！傳聞這副壽聯記載在我的大作《閱微草堂筆記[37]》中，可是我在圖

37 紀曉嵐於清朝乾隆至嘉慶年間以筆記形式編寫而成的短篇志怪小說。

八旬老太
南海觀音下凡塵
三個兒子都作賊
天宮偷

書館翻那書好幾遍都沒找到，用關鍵字搜尋也沒下落……」被揍大仙公布答案。

「那個……大仙，自己的作品要稱『拙作』，不要稱『大作』。前陣子才有大仙因為臭屁被痛扁逃來我這兒求救……不過，您說得沒錯！人間和天庭現在都是資訊爆炸的時代！同一件事版本各異，如何在眾多說法裡辨別出正確資訊才是王道。」猿大仙慨嘆一番之後言歸正傳：「您寫這樣的祝壽對聯，真的是故意到人家壽宴裡收錢不辦事、搗蛋加胡搞？」

「我紀曉嵐是那種人嗎？」被揍大仙聞言不以為然。

「原來您是大名鼎鼎的紀曉嵐大仙，失敬、失敬！如果您不是想白拿錢、詐騙人，那麼您當初寫這副對聯的目的是什麼？依您的學識，正常寫副祝福的對偶句、祝壽的對仗聯，並非難事呀！」

南海觀音來救援，猿來如此樂清閒

紀曉嵐大仙雙手放在身後，踱起步來：「細節我不記得了，但這事的前因後果我倒是明白得很。各版本文獻都沒記載的是：當時他們三兄弟重金聘請我，我以為他們是欣賞我文學造詣高、文氣全國冠、文才聲望有、文藝招牌響……誰知一到現場，發現揮毫寫壽聯的書法家成千上百，我紀曉嵐不過是滄海之一粟、九牛之一毛。本來我想立馬轉頭就走，沒想到這三位主辦人輪流酸我、糗我，說我不過是區區寫文章的，又不是什麼大書法家，跩什麼跩！還笑我說沒人會看我寫的壽聯……我實在氣不過，便留了下來。」

「然後呢？您既然留下來，為什麼不好好寫對聯呢？」猿大仙繼續重建現場狀況。

「我和三兄弟打賭，如果宴會現場的賓客都來看我寫壽聯，酬金須加倍，還要向我賠罪。」紀曉嵐大仙仔細回想：「壽聯的實際內容，因為孟婆湯的藥效我早忘了，但我仍舊記得寫完上聯的第一句，所有賓客都蜂擁到我身邊，高呼：『快來看好戲，有人要被揍了！』等所有賓客都聚攏，主人的棍棒也高舉起來時，我不慌不忙的寫出下一句；然後主人便放下棍棒、賓客皆表情失落。就在他們扼腕不已，正要散場，我立刻寫出下聯的第一句，這時離開的賓客又回過頭、圍上來，主人的棍棒也重新舉了起來！接著我不疾不徐的寫出下聯的第二句，讓賓客發出失望的嘆息、絕望的咒罵，主人的棍棒也癱軟的垂下。整場書寫壽聯的活動，其他書法大師和藝術家統統只寫了個寂寞，他們身旁只有淒冷的秋風及零星的落葉，連半個人影都沒有……我賭贏了！我收的錢不是潤筆費，而是靠實力贏來的賭金！所以，這副壽聯就算掛不上去，也不能誣賴我收錢不辦事呀！」

紀曉嵐大仙口若懸河、舌燦蓮花，說得滔滔不絕、句句在理、字字誅心。猿大仙轉頭對三位大仙表示：「事實若是如此，您三位大仙找人家麻煩，也實在說不過去！」

三位大仙正想反駁，一位老奶奶大仙從圖書館外步履蹣跚的走了進來，伸出雙手揪著三位大仙的耳朵說：「人家寫這副對聯，讓我和你們名留千古，並且獲得了升上天庭的機會，你們不感恩也就罷了，還來找人家麻煩？願賭服輸！趕快放了人家跟我回去，我要在天庭舉辦百歲壽宴，這天上一天地上一年，想辦壽宴實在難上加難呀！」

說完，老奶奶大仙就把三位大仙拖回家，解了紀大仙的危，省了猿大仙的事。這一次，猿大仙完全不必出手，調解紀錄便又添了一筆。

「人家老奶奶年輕時，一定也是文藝美少女啊……」紀曉嵐大仙笑著說：「我記起來了，當時尚在人間，那三位兒子原本想私下報復，卻被老壽星擋了下來，她還當眾教訓兒子說：『我不是常對你們諄諄教誨、循循善誘，強調寫文章和取名字一樣，最重要的是——不要跟別人一樣！你們一直聽不懂我說的話，平常寫作撰文總是東抄抄、西抄抄，如今這位紀先生親身示範我告誡你們的寫作訣竅，你們應該感恩，而不是去找他麻煩。你們想想……壽宴現場滿院子書法大師寫的都是福如東海、壽比南山，老套普通且無聊，毫無新意又不妙。紀曉嵐的對聯完全實踐了——不要和別人一樣，語不驚人死不休——的創作鐵律，你們應該虛心向他學習！』當時的老太太簡直是我的知己、知心、知音，令我佩服。」

老奶奶的明理讓她升天為仙，她的兒子們因為出糗、受苦還清了前世的債，也破格上了天堂。

「原來如此，原來如此！」猿大仙因為這次事件，不僅長了見識，增了知識，還認識了文學大仙的客戶與舊識。

第六章

〈河伯娶親〉巫婆喊冤事件

河伯要娶小老婆，落水巫婆當媒婆

戰國時代，西門豹出任鄴縣縣令，發現該地為了替河伯（黃河河神）娶老婆，民貧財盡、人散地荒。有長老、官員和巫婆勾結，以「河伯娶親」為藉口，向百姓徵收賦稅、搜刮錢財，使得家中有女兒的人，紛紛帶著女兒逃跑。因此，原本就人口負成長的鄴縣，勞力外移更加嚴重，社會問題雪上加霜，經濟狀況賤上加貧。大巫婆還威脅：「假如不幫河伯娶親，將導致鄴縣河水泛濫，淹死百姓莊稼。」

西門豹了解後表示：「這麼重要的典禮，我也要到場觀禮，共襄盛舉。」到了河伯娶親的日子，西門豹看了一眼即將成為河伯夫人的女子，回頭對長老、官員、巫婆及鄉親父老說：「這女子不夠漂亮，麻煩大巫婆為我稟告河伯，說需要重新尋找美女，遲幾天再送過去。」一說完，就命令屬下抱起大巫婆，把她拋入河中。過了一會兒，西門豹問：「大巫婆為什麼去這麼久？叫她弟子去催一催！」命人把大巫婆的弟子

麻煩大巫婆了！
早去早回喔！

拋進河中。過了一下子，再問：「這個弟子為什麼也這麼慢？再派一個人去！」於是又拋了一個弟子到河中，總共拋了三名弟子。最後，等得不耐煩的西門豹皺眉表示：「大巫婆和弟子是不是無法把事情說清楚？那麼就請長老們替我去說明情況。」就這樣，三位長老被拋向了河裡。西門豹本想再丟一些官員或其他廟裡的董監事，但官吏和廟方人員極度驚慌害怕，嚇得趴在地上不停叩頭，把頭都磕破了。從此以後，再也沒有人敢提起要為河伯娶親的事了。

老奶奶和小仙子、小星君回圖書館時，順道帶回了一封天庭掛號信，是西門豹大仙寫來的求救信。

信上說，他生前丟進水裡的大巫婆在天庭起訴他，經由各路挨揍大仙的推薦，特來請求猿大仙協助辯護，審訊地點在哪吒負責的衙門——三太子殿。

天庭圖書館有老奶奶、小仙子和小星君看顧，猿大仙也想出門逛逛，於是便拿著求救信，前往祖宗齊天大聖「手下敗將」三太子哪吒的地盤。

一到現場，剛好升堂。只見哪吒三太子在堂上含著棒棒糖問案，堂中大巫婆老淚縱橫、哽咽控訴：「哪吒大人，您要為我們神話創作者、民間故事界主持公道啊！我創作了一個神話傳說，宣稱河伯娶親能令地方風調雨順大豐收，能使村姑飛上枝頭作鳳凰……這位西門豹來到我的地盤當縣令，一到任，就不顧地方風俗、無視傳統文化，竟然叫人把我丟進河裡。而且不只是我，還丟我的大弟子、二弟子、三弟子……害我們一命嗚呼，受萬世恥笑，遭歷史公審。我雖為文學界貢獻了『拖下水』一詞，得以升天任職基層公務員，可是我心有不甘、死不瞑目，故來三太子您這兒，具狀告發西門豹，懇請三太子主持正義，還我清白，將草菅人命的西門豹繩之以法。」

「傳西門豹大仙上堂對質！」哪吒三太子一聲令下，旁邊的黃巾力士便上前指揮，帶領西門豹站到審判席前。

「你是否設局淹死大巫婆，故意致她於死？」哪吒三太子訊問。

「她罪有應得，誰叫她為了自身利益，謊稱是河伯媒婆，在鄴縣丟了無數美少女入河淹死……大巫婆是惡有惡報！」西門豹大仙為自己辯解。

「那些美少女不是淹死，她們是去當河伯的姨太太、小老婆！」大巫婆堅持自己創造的神話故事深具文化價值。

大巫婆還聲請傳喚她的老祖宗——黃帝長子帝嚳（高辛氏）時期的「古代巫婆」作證，她對哪吒三太子敘明理由：「古代若設有諾貝爾獎，古代巫婆應該獲得一座諾貝爾和平獎！」

巫婆神話救棄兒，覆巢卵想當然耳

原來，《詩經．商頌》〈玄鳥〉記載黃帝的長子「帝嚳」，有一位妃子為有娀氏的公主，她在還沒洞房前，私自出宮到野外玩，途中撿了一顆鳥蛋吞下肚，回宮後就大了肚子。帝嚳覺得很奇怪，便去請教古代巫婆，古代巫婆解釋：「上天準備恩賜小孩給你，幻化鳥蛋展現神蹟。」就這樣，有娀氏的公主生下了商朝始祖「契」。

《詩經．大雅》〈生民〉記載，帝嚳的另一位妃子為有邰氏的公主，她在還沒洞房前，也私自出宮到野外玩，途中踩了一個巨人的腳印，回宮後就懷了小孩。帝嚳覺得很奇怪，又去請教古代巫婆，古代巫婆解釋：「上天又要恩賜小孩給你，留下足跡展現神蹟。」就這樣，有邰氏的公主生下了周朝始祖「棄」。

大巫婆表示：「若當時具備基因鑑定科技，必定會發生部落大戰！幸好古代巫婆使用了神話創作的技巧和自圓其說的訣竅，平息了紛爭和戰爭，解救了女子和孩子。由此可見，神話的文學創作很重要，神話的作者巫婆很偉大……被告西門豹怎能把偉大的巫婆我丟進水裡淹死呢？」

等待古代巫婆前來作證的期間，哪吒三太子先讓被告西門豹大仙發言。

「古代巫婆創作神話拯救人命，」西門豹大仙不服氣的說：「但我在世時大巫婆創作神話害死人命！以命償命，合理。」

這時，擔任西門豹辯護人的猿大仙出聲了：「大巫婆，妳創作的不是神話而是謊話，是為了自身利益傷天害理的謊言！我已聲請一位證人，證明妳死有餘辜！」

猿大仙出發來三太子殿前，已經拜託蘇東坡大仙懇求他的偶像——孔融大仙出庭作證。

孔融大仙站上證人席，開始敘述自己的遭遇——

「我當初看不慣我的老闆和小老闆——就是曹植大仙的爸爸和哥哥——他們攻破人家城池就搶走城主的老婆。有一次，我實在忍無可忍跑到老闆面前說：『武王打敗紂王之後，把妲己賜給周公當老婆。』我是故意這樣亂說，來諷刺他們胡搞瞎搞、吃相難看。

「我的老闆曹操聞言，滿臉疑惑的看著我說：『孔先生，你這說法和我從書上讀到的不一樣啊！你是在哪本書裡看到的？』我回答：『從現今老闆您打敗敵人，便把敵人老婆賞賜給兒子的行為來推論，以今論古，想當然耳——古人肯定也都是這樣啊！』

我這招『想當然耳』，後來影響後世的蘇東坡大仙，激發靈感寫出〈刑罰忠厚之至論〉的文章，胡謅出皋陶曰：『殺之！』三，堯曰：『宥之！』三的虛構故事。」

猿大仙故意向孔融大仙提問：「您瞎扯『周公娶妲己』這件事，是出於好意，想勸誡老闆愛惜自己的名聲；『想當然耳』還啟迪了蘇東坡大仙運用想像力創作的技巧，悟出『寫作又不是寫悔過書，不妨想當然耳』的座右銘！您在職場盡心盡力，為文學鞠躬盡瘁，然而最後得到的下場是？」

「嗚……我被老闆判死刑，而且覆巢之下無完卵，全家都遭殃！」孔融大仙嘆了口氣回答。

「所以呀，哪吒三太子殿下，舉重以明輕——孔融大仙生前為主上盡心，為文學立功，可是下場仍舊是死翹翹、嗝屁屁；大巫婆害人命，謀私利，落水斷氣豈不是剛好而已！」

「我不服！就算要用殺人罪辦我，也應該在衙門升堂，而不是直接把我丟進河裡……我是巫婆，但西門豹是必須遵守國家法制的公務員啊！」大巫婆振振有詞、忿忿不平。

這時，古代巫婆來到堂前準備作證了。

哪吒三太子把大巫婆的說法和西門豹方的辯辭告知古代巫婆。

「縱然原告大巫婆是我的後代，」古代巫婆搖了搖頭表示：「但在此神聖殿堂不能循私。我在帝嚳時代創作神話，用以解釋天地萬物，從事著現代人間科學家的工作，我們的出發點是良善，是為世界和平盡心盡力。**神話這個文類雖然具有虛構的元素，但內在邏輯必須嚴謹，不能出現漏洞**，否則變成迷信後果不堪設想。神話的邏輯很簡單，就是自圓其說。我在帝嚳時代寫的神話，將邏輯的根源推給上帝，雖無法證其有，卻也沒人能辯其無。大巫婆學藝不精，行文不洽、邏輯不貫，忘了孔夫子『敬鬼神而遠之』的道理，沒有把鬼神遠遠擺在無人能及的地方，偏偏臭屁河伯是自己相親聯誼事業的客戶！本來烤個龜殼、擲個杯筊就可以解決的事，偏要畫蛇添足跟河伯秀麻吉，所以才會被西門豹抓住邏輯的漏洞、情節的矛盾、行為的把柄，『打蛇隨棍上』、『以子之矛、攻子之盾』，溺水沒命活該如此，拖人下水罪有應得。大巫婆不是死於國家制定的法律條文，而是敗在自己宣稱的神話設定！」

大巫婆聞言，也不等哪吒三太子判決，自己羞愧得化作一陣面紅耳赤的粉煙，自行躲到陰曹地府去重新修練啦！

尾聲

淨壇使者的戀愛諮詢

豬十八戒招待過老奶奶和小仙子、小星君，為了禮尚往來，老奶奶和小仙童們取得猿來如此大仙的允許，在圖書館附設咖啡店訂桌回請豬十八戒喝下午茶，並且找來先前求助過猿大仙的文人大仙一起聚聚。

沒想到豬十八戒的祖宗——淨壇使者（原天蓬元帥）豬八戒也來了，他堅持出席，目的是要拜託猿大仙，教他如何追求廣寒宮的嫦娥女神。

「我處理天仙的申訴，擔任天庭的偵探，管理天宮的圖書，並不負責天界的聯誼，不接受戀愛的諮詢啊！」猿大仙搖頭推辭。

豬八戒眼中閃爍著淚光，可憐兮兮的說：「男女愛情難道不是文學作品最常見的主題嗎？言情小說難道不是館內收藏最大宗的書籍嗎？猿大仙，求求你！」

猿大仙心想：「哪有？《西遊記》就不是描寫愛情……」但他還沒把話說出口，同桌的文人大仙已經開始你一言、我一語的出餿主意了。

「不可以色瞇瞇！如果你到人家廣寒宮作客，喝醉了千萬不能去睡人家室內的床，只能在院子裡的『涼床』休息。」李白大仙說。

「你可以自嘲女神若答應交往，的確是一株鮮花插在牛糞上……」蘇東坡大仙使了個眼色，下半句由韓愈大仙接下去：「接著你可以說那一『株』就是我老『豬』！然後加碼對女神說追求她是『守株待兔』——但廣寒宮已經有『兔』，還差我這隻『豬』。」

豬八戒覺得寒意襲身，四周的氣溫似乎有點冷……冰笑話的冷！

「我把『進可攻，退可守』的祕訣傳授予你！」韓愈大仙繼續貢獻妙計：「你去買一本叫《我喜歡你》的圖畫書送給嫦娥女神，如果女神喜歡你，你們就去約會看電影；如果女神拒絕你，準備發你好人卡，你就搶先一步對她說『女神、女神別介意、臉別綠，我只是覺得這本書很有趣，忍不住想介紹給妳，讓妳享受純真的插圖及天真的文藝，沒有其他的想法和目的，妳千萬別把想法岔到別的地方去，自己在心裡上演什麼《美女與野獸》的連續劇……』」

豬八戒還沒開口，曹植大仙便插話進來：「記得稱讚女神時不要直接明說，要用別的事物來譬喻、借代，迂迴的講！例如形容體態，千萬不用直接描述什麼身高、體重、三圍，要說『翩若驚鴻，婉若遊龍』，意思就是體態輕盈，有如受驚而翩翩起飛的鴻雁；身形柔美，彷彿嬉戲而裊裊騰空的遊龍。我這樣說你明白了嗎？」

紀曉嵐大仙也對豬八戒建言：「追女神的都是帥哥，你保持目前豬頭的模樣才能脫穎而出，萬紅叢中一點綠，牢記物以稀為貴！」

李白大仙也附和：「對、對、對！我的詩作也引用過『東床快婿』的故事——人家王羲之在大官來挑女婿、選姑爺的時候，故意廢在床上袒胸露肚，顯得與眾不同、自成一格，才可以在一大群盛裝打扮、立正站好的高富帥、官二代裡雀屏中選、擺脫單身。」

西門豹大仙說：「記得打蛇隨棍上，女神說什麼都是對的，要根據女神的邏輯——以其人之道，還治其身。」

接受眾多建議的淨壇使者——原天蓬元帥——豬八戒，終於鼓起勇氣前往月球廣寒宮告白。至於結局如何，就看月亮裡除了兔子和蟾蜍，有沒有多了一隻豬。

跋 猿大仙補送的彩蛋

胡說八道可圈點，荒誕無稽入理情；廿年一覺兒文夢，贏得淺語弱智名。

因為作者最近心情差，留下一詩就散心去了，因此作者序就由我「猿來如此大仙」代筆。

本書由《動物星球偵探事件簿2：推理要在放學後》〈動物群仙救李白〉擴展而來，雖然第一章早已問世，不過，本次成書有所修訂校對，其後更新增不少落難文人大仙的故事。為了報答本書讀者，特地新增彩蛋一枚，即〈動物群仙救李白〉未收錄的佚事一則。

我和動物大仙在圖書館蒐集資料時，找到李白一詩「坦腹東床下，由來志氣疏；遙知向前路，擲果定盈車。」李白拍族弟馬屁，「擲果盈車」典故來自《世說新語》潘安（岳）的故事，潘安年輕時長得帥，小姐姐遇到他，總把他攔住圍觀，不讓離開。《語林》記載：「潘安帥呆了，每次出門，婦女爭相把水果丟他車上，每次都滿載而歸。」

當時，我的火眼金睛發現其中藏著文妖字怪語魔辭鬼……由於和詩仙李白的冤案無關，故在《推理要在放學後》並未收入。今既獨立成書，不妨將之揪出，以饗讀者──

潘安同期並列帥哥的還有「衛玠」，他一出門，圍觀群眾彷彿一堵城牆，令他寸步難行；當時人們一致認為衛玠之所以早逝，肯定是被粉絲看死了（看殺衛玠）。

潘安和衛玠是同時代的人，潘安身為帥哥的待遇是「被圍觀」加「擲水果」。衛玠的記載雖然只有圍觀，但時代既然相同，習俗應該無異，想必衛玠也同樣享受「擲果盈車」的對待！

火眼金睛為何必須兩眼同時練，因為一眼盯上句，一眼瞧下句，才能明白文章辭句之間的「互文性」！例如「冰天雪地」不是指冰在天上，雪在地上，而是「雪天冰地」也通；花木蘭「東市買駿馬，西市買鞍韉。南市買轡頭，北市買長鞭……」不是只有東市才賣馬，而是四面八方市場都逛一遍好買齊「馬、鞍、轡、鞭」；「火眼金睛」同樣也是「金眼火睛」！因此，我幫作者寫，也可能是作者替我寫……呃！扯遠了。

公布答案：李白冤案意外獲得的彩蛋是——我的火眼金睛發現——有迷戀帥哥的女粉絲向衛玠丟水果……而「榴槤」也是水果！

附錄 猿來如此調解紀錄

爭議案件	〈靜夜思〉之床的真相
當事人	李白
相對人	參加天庭升等考試的天兵、天將、天仙、天神
調解人	猿大仙
當事人主張	遭受天庭眾仙職場霸凌，不僅被誣賴說謊，還被取難聽的綽號。
相對人主張	天庭升等考試中，有一題翻譯名詩〈靜夜思〉：「床前明月光，疑似地上霜，舉頭望明月，低頭思故鄉」，睡在房間的床上，根本不能「舉頭望明月」，而且連作者本人都無法提出解釋，可見是信口開河、胡亂寫詩影響他人升等。
調查結果	根據眾多詩作考證，「床」有眾多含義： 東「床」快婿——房間裡睡覺的床？ 郎騎竹馬來，遶「床」弄青梅——屋簷下的地板？ 吾師醉後倚繩「床」——可供坐臥的折疊椅？ 梧桐落金井，一葉飛銀「床」——井欄？ **經過抽絲剝繭的事實查核，床前明月光的「床」證實為擺放在院子裡的「涼床」，所以溫庭筠才能寫詩「冰簟銀床夢不成，碧天如水夜雲輕」。李白為文作詩並無亂寫，基於此一調查結果，天庭升等考試此題送分。** 調解成立

爭議案件	〈定風波〉之風波事件簿
當事人	蘇東坡
相對人	〈定風波〉中序文所寫一同遊沙湖的友人
調解人	猿大仙
當事人主張	在天庭出門逛街遇到一群熟人，沒想到上前打招呼時卻被莫名毒打狂毆一頓。
相對人主張	〈定風波〉的「序」寫：「三月七日，沙湖道中遇雨。雨具先去，同行皆狼狽，餘獨不覺，已而遂晴，故作此詞。」明明序裡說「雨具先去，同行皆狼狽」，結果詞裡竟然寫自己「一蓑煙雨任平生」。以此推敲，蘇東坡一定是知道快下雨了，還命人把雨具先送到目的地，卻為自己留下蓑衣擋雨，這根本是故意整人！
調查結果	詢問多名證人確認蘇東坡的為人—— 佛印禪師：「從『八風吹不動，一屁打過江』這件事的經驗來看，蘇東坡為人常自吹自擂、言行不一。」 周瑜：「蘇東坡寫〈念奴嬌〉說是赤壁懷古，寫〈前赤壁賦〉說『此非孟德之困於周郎者乎』，明明撰寫作品的地點跟赤壁之戰的地理位置相差十萬八千里，可見蘇東坡是個愛說謊的傢伙，應該要吃點苦頭。」

秦少游：「認東坡先生為師時，老師佯稱將來要許配自己的小妹給我，但是他根本沒有妹妹，拿終身大事來騙人實在很不應該！」

歐陽修：「子瞻在我擔任主考官的中央考試，用胡編瞎扯的故事為例寫作，他的膽大包天、任意妄為，讓我無法昧著良心為他的做人處事背書。」

陳季常：「妻子曾寫過一張春條『老婆永遠是對的』要我貼在門口，我覺得丟臉就去請東坡兄想法子，那時東坡兄給我看他新寫的〈定風波〉，說『一蓑煙雨任平生』的『一蓑』和王安石『春風又綠江南岸』的『綠』字一樣是使用轉品修辭法。」

經過多番推敲琢磨，證實「一蓑煙雨任平生」的「一蓑」是使用轉品修辭，遊沙湖當天蘇東坡並沒有自己穿上蓑衣遮雨，而且從詞裡的「微冷」，也能看出蘇東坡當天淋了雨才會體溫降低，故圍毆大隊應停止向蘇東坡尋仇，並支付醫藥費。

調解成立

爭議案件	〈祭鱷魚文〉神祕事件簿				
當事人	韓愈	相對人	〈祭鱷魚文〉詐騙自救會	調解人	猿大仙
當事人主張	天庭最近來了很多新人，他們怒氣沖沖的說學我寫信給鱷魚或其他小動物，結果被嘲笑是神經病，所以要揪團揍我。				
相對人主張	自救會成員相信韓愈寫信給鱷魚的手段，對文字充滿崇高的敬意，因此才懷抱衷心的期待學習韓愈寫信給動物的作法，想不到這招完全沒效，反而招致世人恥笑。〈祭鱷魚文〉是詐騙文，韓愈必須負責！				
調查結果	舉辦聽證會，邀請當事人、相對人及證人交互辯證： 韓愈：「我從未在文章裡鼓勵大家學我這麼做，也沒保證大家跟著做一定有效。各位是自己決定寫信給各種生物，卻把沒收到回應的帳算在我頭上，實在沒道理。」 林琴南：「鱷魚根本看不懂文章，哪可能理會天子的命令？而且潮州鱷魚是淡水鱷，如果牠們照文章所言遷到海裡，根本就是自殺。想用文章和自然界的生物溝通太難啦，人都講不聽了，更不用說是禽獸。」				

調解成立

王安石：「我在朋友奉派前往潮州擔任長官時，送他一首詩告誡他『不必移鱷魚，詭怪以疑民』，意思是不要學韓愈寫信給鱷魚，搞怪力亂神的詭計只會讓人覺得你有神經病。」

劉禹錫：「韓愈寫〈祭鱷魚文〉沒有詐騙的意思。我創作的〈竹枝詞／楊柳青青江水平〉，裡頭的詩句使用了聲音的雙關修辭法，韓愈的文章也是用一樣的寫作手法。」

異口同聲小仙子：「韓愈當時被皇帝貶到偏遠的潮州當長官，當地有很多地痞流氓，對人民的威脅比鱷魚的危害更大。韓愈想請那些惡霸離開，又擔心警力、兵力比不上壞人反而惹禍上身。我領玉帝的旨意，指點他用雙關修辭作文，解決他的困擾。」

綜合各方說法，可知韓愈〈祭鱷魚文〉確實是運用聲音的雙關修辭作文，要驅趕的不是「鱷魚」，而是在地方肆虐的「惡人」。自救會成員都是文學愛好者，卻沒發現這只是簡單的修辭技巧，因誤會而揍人實在說不過去。自救會成員需自行解散，日後也不能再找韓愈大仙麻煩。另外，自救會成員胡適，兒時確實是因使用雙關修辭而受害，故韓愈大仙應向胡適道歉。

爭議案件	〈七步詩〉的大祕密				
當事人	曹植	**相對人**	共一斗名譽受損自救會	**調解人**	猿大仙
當事人主張	作詩根本不需要走到七步就能完成！那些被謝靈運嘲諷「文采共一斗」的文人跑來揍人根本沒道理。				
相對人主張	天賦高低是天生注定，但瞧不起人的臭屁態度實在欠教訓！				
調查結果	根據唐朝詩人王建、朱慶餘的證言，曹植在〈七步詩〉中使用的借代法，幫助他們順利通過科舉考試，並留下流傳千古的詩句。宋代畫家當中也有一位受〈七步詩〉故事啟發，因而保住了項上人頭。由此可知，「共一斗名譽受損自救會」成員不該因為他人才高八斗、臭屁高傲而懷恨在心，畢竟臭屁、吹牛也算是一種**「誇飾法」**，**是文人常在文章中使用的文學技巧**，故自救會成員不得再因他人臭屁的行為尋釁滋事。				

爭議案件	亂寫〈壽聯〉事件簿
當事人	紀曉嵐
相對人	曾在人間當官的三位大仙
調解人	猿大仙
當事人主張	壽宴當天，我和三兄弟曾達成協議，如果現場的賓客都來看我寫壽聯，那麼三兄弟支付的酬金須加倍，而且還要向我賠罪。所以我收的錢不是潤筆費，是靠實力贏來的賭金，說我收錢不辦事還揍人，簡直是不講道理！
相對人主張	我們在母親八十大壽的宴會上，花大錢請紀曉嵐到府揮毫書寫壽聯，結果他拿錢不辦事，在壽宴上亂寫一通，損害他人名譽。
調查結果	三兄弟的母親親自到場表示：「紀曉嵐這副對聯，讓我和你們名留千古，並且獲得升上天庭的機會，你們不感恩也就罷了，還來找人家麻煩？願賭服輸！趕快放了人家跟我回去。」 從這位母親的說法來看，三兄弟是賭輸賠錢不甘願，所以才找紀曉嵐的麻煩。滋事的三兄弟已由母親領回，事件圓滿落幕。

調解成立

爭議案件	〈河伯娶親〉巫婆喊冤事件
告訴人	大巫婆
被告人	西門豹
審判人	哪吒三太子
告訴人主張	我創作了一個神話傳說，宣稱河伯娶親能令地方風調雨順大豐收，能使村姑飛上枝頭作鳳凰，但西門豹一來當縣令，就不顧地方風俗、無視傳統文化，還叫人把我丟進河裡，害我和三名弟子一命嗚呼，受萬世恥笑，遭歷史公審。我心有不甘、死不瞑目，具狀告發西門豹，希望能還我清白，將草菅人命的西門豹繩之以法。
被告人主張	大巫婆為了自身利益謊稱是河伯媒婆，在鄴縣丟了無數美少女入河淹死，因此她死於河中是罪有應得、惡有惡報！
調查結果	庭審時，大巫婆請古代巫婆作證，猿大仙替西門豹邀請孔融作證。 孔融：「當初我看不慣老闆和小老闆——就是曹植大仙的爸爸和哥哥——他們攻破人家城池就搶走城主的老婆。有一次，我實在忍無可忍的跑到老闆面前說：『武王打敗紂王之後，把妲己賜給周公當老婆。』我故意這樣亂說，諷刺他們胡搞瞎搞、吃相難看。最後我被老闆判死刑，而且覆巢之下無完卵，全家都遭殃！」

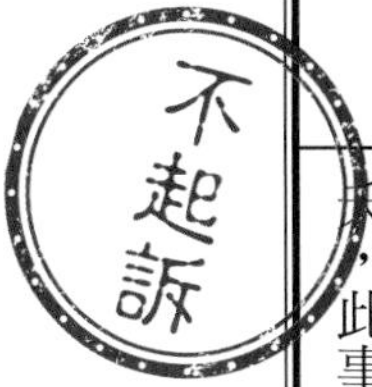

猿大仙：「孔融大仙當初瞎扯『周公娶妲己』這件事是出於好意，想勸誡老闆愛惜自己的名聲。他為主上盡心，為文學立功，可是下場仍舊是死翹翹、嗝屁屁；大巫婆害人命，謀私利，落水斷氣豈不是剛好而已！」

古代巫婆：「雖然原告大巫婆是我的後代，但在此神聖殿堂不能循私。我創作神話出發點是良善，是為世界和平盡心盡力。**神話這個文類具有虛構的元素，但內在邏輯必須嚴謹，不能出現漏洞**，否則變成迷信後果不堪設想。大巫婆學藝不精，行文不洽、邏輯不貫，才會被西門豹抓住邏輯的漏洞、情節的矛盾，『以子之矛、攻子之盾』，溺水沒命活該如此，拖人下水罪有應得。」

聽到古代巫婆的證言對自己不利，未等哪吒三太子殿下判決，大巫婆便逃之夭夭，此事件因此不了了之。

小麥田

猿來如此救群仙：
才高八斗喊救命，七步成詩大救星——揭開李白、韓愈、曹植等人的寫作大祕密

作　　者　林哲璋
繪　　者　BO2
美術設計　黃鳳君
協力編輯　葉依慈
責任編輯　巫維珍

國際版權　吳玲緯
行　　銷　闕志勳 吳宇軒 余一霞
業　　務　李再星 李振東 陳美燕
編輯總監　劉麗真
發 行 人　凃玉雲
出　　版　小麥田出版
10483 臺北市中山區民生東路二段 141 號 5 樓
電話：(02)2500-7696　傳真：(02)2500-1967
發　　行　英屬蓋曼群島商家庭傳媒股份有限公司
城邦分公司
10483 臺北市中山區民生東路二段 141 號 11 樓
網址：http://www.cite.com.tw
客服專線：(02)2500-7718｜2500-7719
24 小時傳真專線：(02)2500-1990｜2500-1991
服務時間：週一至週五 09:30-12:00｜13:30-17:00
劃撥帳號：19863813　戶名：書虫股份有限公司
讀者服務信箱：service@readingclub.com.tw
香港發行所　城邦（香港）出版集團有限公司
香港灣仔駱克道 193 號東超商業中心 1/F
電話：852-2508-6231
傳真：852-2578-9337
馬新發行所　城邦（馬新）出版集團 Cite(M) Sdn. Bhd
41, Jalan Radin Anum, Bandar Baru Sri Petaling,
57000 Kuala Lumpur, Malaysia.
電話：(603) 9056 3833
傳真：(603) 9057 6622
讀者服務信箱 :services@cite.my
麥田部落格　http:// ryefield.pixnet.net
印　　刷　漾格科技股份有限公司
初　　版　2023 年 8 月
售　　價　380 元

ISBN 978-626-7281-20-8
EISBN 9786267281260 (EPUB)
Printed in Taiwan
本書若有缺頁、破損、裝訂錯誤，請寄回更換。

國家圖書館出版品預行編目資料

猿來如此救群仙 / 林哲璋作 ; BO2 繪 . -- 初版 . -- 臺北市 : 小麥田出版 : 英屬蓋曼群島商家庭傳媒股份有限公司城邦分公司發行 ,
2023.08
面 ;　公分
ISBN 978-626-7281-20-8(平裝)

863.596　112007047

猿來如此素養實作冊

設計者：國立清華大學附小 葉惠貞老師

猿大仙的大聲公：

天庭圖書館舉辦「過五站拿集點卡」闖關設計，考驗你是否看懂讀懂天庭近日發生事件。請你大膽作答，小心求證。除了翻閱天庭圖書館事件簿（也就是書本本人）之外，別忘了雲端或是圖書館查找資料都是作答好方法。祝你順利，將來必能成為「圖書館偵探」接班人！

第一站：李白會客室

第一趴 李白的自我介紹

李白被一群考生追打，說他「李白，字太白，是白賊七的白、白目的白」。李白委屈巴巴，這個「白」可不是平白無故取名的。

據說李白在六歲時到郊外賞花，百花爭豔風景好，小小年紀的他指著李樹說出：「李花怒放一樹白。」家人連聲稱好，看到李花潔白如雪，代表李子也將豐收的好預兆，於是便將本姓李的孩子取名為「李白」。

李白的詩句中出現最多的色彩就是「白」，有四百多次。請你幫李白正名，利用李白的詩句介紹他。

例如，「李白，字太白，是『秋浦歌』中『白髮三千丈，緣愁似個長』的『白』髮的白。」

★ 以下請寫出李白所寫有「白」字的詩句。

1. 小時不識月，呼作（　　　　）。〈古朗月行〉
2. 三山半落青天外，二水中分（　　　　）。〈登金陵鳳凰台〉
3. 朝辭（　　　）彩雲間，千里江陵一日還。〈早發白帝城〉
4. 青山橫北郭，（　　　）遶東城。〈送友人〉
5. 君不見高堂明鏡（　　　　），朝如青絲暮成雪。〈將進酒〉
6. 青天有月來幾時，我今停杯一問之……（　　　）秋復春，嫦娥

沿虛線剪下

★ 紀曉嵐自信萬分，在他眼裡別人都只寫了個寂寞，送了個淒冷，請你就紀曉嵐寫壽聯的表現評論，紀曉嵐刷存在感的能力如何？

★ 猿大仙的隱藏版答案

1.（4） 2.（2） 3.（1） 4.答案略

第二趴 古代巫婆考考你

（ ）1. 西門豹用什麼方法廢止了「河伯娶親」這項陋習？

（1）治水成功，河水不再氾濫（2）寫一篇文章給河伯告知要終止這項活動（3）將巫婆和巫婆弟子及官員等人丟入河中取「殺猴儆雞」之效（4）請廟方人員作法安撫河伯的心情

（ ）2. 孔融杜撰「周公娶妲己」的歷史是諷刺哪一位人物搶走敵人老婆？

（1）曹丕（2）袁熙 （3）袁紹（4）曹操

（ ）3.孔融的老闆問孔融「周公娶妲己」的典故出自何處，孔融說是以今論古，雖然未必是真的，但推論一下就知道了。此事因此發展出哪一句成語？

（1）過耳秋風（2）想當然耳（3）馬耳東風（4）忠言逆耳

（ ）4.古代巫婆上天庭侃侃而談帝嚳時代創作神話的用意，哪一項不是她的論述？

（1）以良善為出發點，求取和平（2）在非科學昌明時代用以解釋天地萬物（3）雖有虛構元素但內在必須嚴謹（4）要能自圓其說以成為迷信基礎

★ 猿大仙的隱藏版答案

1.（3） 2.（4） 3.（2） 4.（4）

孤棲與誰鄰。〈把酒問月〉

7. 不向東山久，薔薇幾度花。（　　）還自散，明月落誰家。我今攜謝妓，長嘯絕人群。欲報東山客，開關（　　　）。〈憶東山二首〉

8. （　　），孤飛如墜霜。心閒且未去，獨立沙洲傍。〈白鷺鷥〉

9. （　　　）誰家郎，回車渡天津。看花東陌上，驚動洛陽人。〈洛陽陌〉

10. 別時提劍救邊去，遺此虎文金鞞靫。中有一雙（　　　），蜘蛛結網生塵埃。箭空在，人今戰死不復回。〈北風行〉

★ 猿大仙的隱藏版答案

1.白玉盤　2.白鷺洲　3.白帝　4.白水　5.悲白髮　6.白兔搗藥　7.白雲；掃白雲　8.白鷺下秋水　9.白玉　10.白羽箭

第二趴 李白的床

眾人從李白寫的詩句中，想要找出「床前明月光」的真相，下列這些詩句都是李白寫過的「床」，請你填寫完整詩句，並勾選正確答案。

1. 故無紫宮寵，敢拂（　　　），水至亦不去，熊來尚可擋。〈素女卷衣〉

Q：這個床是誰睡的？ A□皇帝 ； B□熊羆怪

2. 龍駒雕鐙白玉鞍，（　　　）綺席黃金盤〈贈從弟南平太守之遙二首〉

Q：這個床的質感等級如何？ A□普通 ； B□高級

3. 與爾情不淺，忘筌已得魚；玉臺掛寶鏡，持此意何如；坦腹（　　　），由來志氣疏；遙知向前路，擲果定盈車。〈送族弟凝之滁求婚崔氏〉

Q：這個床和哪個古人有關？ A□王羲之 ； B□蘇東坡

4. 妾髮初覆額，折花門前劇。郎騎竹馬來，（　　　　）。同居長干里，兩小無嫌猜。〈長干行〉

Q：這個床指的是什麼？ A□井欄或涼床 ； B□胡床

現，深得皇帝喜愛的作品是畫了什麼於其上？
A□蝴蝶在馬蹄旁飛舞 ；B□馬兒在花瓣上行走

★猿大仙的隱藏版答案
1.（B） 2.（A） 3.（A）、（B） 4.（A）、（B）、（B） 5.（A）

第五站：紀曉嵐和巫婆的雙人舞台

第一趴 紀曉嵐考考你

紀曉嵐的機智風趣眾所皆知，他因為亂寫壽聯在天庭被告上一狀，差點受棍討打。

（ ）1. 客戶請託紀曉嵐為八十歲母親做壽聯，壽聯版本眾多，哪一個選項不是紀曉嵐對客戶老母親的比喻？
（1）九天仙女（2）南海觀世音（3）瑤池金母（4）媽祖娘娘

（ ）2. 紀曉嵐說三個客戶兒子都是賊，他們偷了什麼東西？
（1）碧藕（2）蟠桃（3）白橘（4）甜棗

（ ）3. 想像紀曉嵐當場揮毫創作壽聯詩時，在場賓客反應如何？
（1）由驚嚇到驚喜（2）由擔心到擔憂（3）由不清到不楚（4）由佩服到不服

（ ）4. 在乾隆皇帝八十大壽上，眾人費盡心思為皇帝獻禮，只有紀曉嵐好整以暇，只準備對聯一副，但最討乾隆皇帝歡心。這年是乾隆八十大壽，生日落在八月，也是他即位第五十五年。
紀曉嵐的對聯上面寫著：

八千為春，八千為秋，八方向化八風和，慶聖壽，八旬逢八月； 五數合天，五數合地，五世同堂五福備，正昌期，五十有五年。

5. 昨日方為宣城客，掣鈴交通二千石。有時六博快壯心，（　　　）呼一擲。〈猛虎行〉

Q：眾人在這張床上做什麼事？ A☐唱歌 ； B☐桌遊

★猿大仙的隱藏版答案

1.黃金床；A皇帝 2.象床；B高級 3.東床下；A王羲之

4.遶床弄青梅；A井欄或涼床 5.繞床三匝；B桌遊

第三趴 李白考考你

（ ）1. 李白曾寫「五花馬，千金裘，呼兒將出換美酒」，現今有人俏皮的寫了這麼一小段：「上館子，吃餃子，讀讀李白學語文。」這對應情境是指李白所做的哪一首詩？

（1）蜀道難（2）贈汪倫（3）將進酒（4）客中行

（ ）2. 一陣激辯後，眾人終於明白了。李白〈靜夜思〉一詩中的「床前明月光」的床是指什麼？

（1）庭院中的涼床（2）臥室裡的臥床（3）稱為胡床的行軍椅（4）皇帝御用的黃金床

（ ）3. 天庭某次升等考試出了唐代詩人溫庭筠的詩：「冰簟銀床夢不成，碧天如水夜雲輕。雁聲遠過瀟湘去，十二樓中月自明」，詩句中的銀床是指什麼？

（1）華麗昂貴的睡床（2）用銀飾布置的涼蓆（3）鋪在井欄上的蓆子（4）鋪著冰涼蓆子的涼床

（ ）4. 李白寫「墨池飛出北溟魚，筆鋒殺盡中山兔」，是在讚美哪一位書法家？

（1）柳公權（2）懷素（3）王羲之（4）顏真卿

（ ）5. 哮天犬大仙「康國子」也出庭湊熱鬧，他是什麼身分？

（1）二郎神身邊的神獸（2）西遊記裡偷吃油的黃毛雕鼠（3）在月亮上搗藥的兔子（4）楊貴妃養的寵物小狗

★猿大仙的隱藏版答案

1.（3） 2.（1） 3.（4） 4.（2） 5.（4）

第二趴 借代、譬喻的涵義不再傻傻分不清

猿大仙和曹子建把最擅長借代的名家都找來了，請你判斷這些詩句暗指些什麼？勾選正確答案。

1. 晉朝名宰相謝安和兒女們談論詩文，這時大雪紛飛，謝安問：
「白雪紛紛何所似？」
姪子謝朗（小名胡兒）說：「（撒鹽空中）差可擬。」
姪女謝道蘊說：「未若柳絮因風起。」
★ 誰勝出？ A□謝朗 ；B□謝道韞

2. 王建寫〈新嫁娘〉：
三日入廚下，洗手作羹湯。
未諳姑食性，先遣小姑嘗。
★ 本詩字面表現什麼意境？ A□（新）媳婦忐忑 ；B□門當戶對

3. 唐朝詩人朱慶餘寫〈近試上張水部〉
洞房昨夜停紅燭，待曉堂前拜舅姑。
妝罷低聲問夫婿，畫眉深淺入時無？
★ 這一首詩從字面「閨意」來看，新娘想要討誰歡心？
A□公婆 ；B□夫婿
★ 從援引來看，這首詩想要表現什麼心意？
A□主考官的舉棋不定 ；B□考生的忐忑不安

4. 唐代詩人張籍寫〈酬朱慶餘〉：
越女新妝出鏡心，自知明豔更沉吟。
齊紈未是人間貴，一曲菱歌敵萬金。
★ 張籍把朱慶餘比喻為什麼角色?A□越女 ；B□齊紈
★ 哪一個詩句表現張籍對朱慶餘作品的肯定？
A□自知明豔更沉吟 ；B□一曲菱歌敵萬金
★ 這一首詩表現什麼意旨（暗指朱慶餘命運如何）？
A□名落孫山 ；B□金榜題名

5. 北宋皇帝宋徽宗有文人氣息，他擅長畫花鳥，也喜歡以詩句為題讓畫家們作畫。他以「踏花歸去馬蹄香」為題，要畫家們表

第二站：蘇東坡聊天室

第一趴

蘇東坡因為〈定風波〉一文在天庭被追打，為了替他解圍救命，猿大仙陪同他找來許多證人好友。

1. 佛印和尚與蘇東坡常有對話對聯往來，請你為兩人論輸贏。

★事件1：打坐

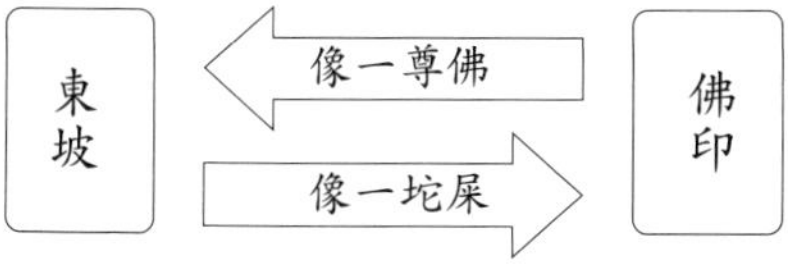

★輸贏論斷

你判斷誰輸誰贏？A□佛印 ；B□東坡

理由為何？______________________________

★事件2：寫對聯

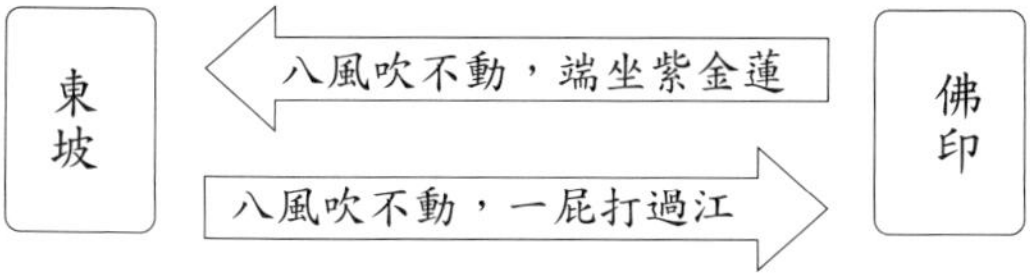

★輸贏論斷

你判斷誰輸誰贏？A□佛印 ；B□東坡

理由為何？______________________________

2. 諸葛亮和周瑜

蘇東坡寫〈念奴嬌・赤壁懷古〉，全文如下。

大江東去，浪淘盡，千古風流人物。
故壘西邊，人道是，三國周郎赤壁。
亂石穿空，驚濤拍岸，捲起千堆雪。
江山如畫，一時多少豪傑。

第四站：曹子建的語文小學堂

第一趴 來寫詩

曹子建說寫作要有詩人靈魂，善用押韻就行啦！

以下這一首曹子建控訴哥哥對他不好的詩要押「ㄞ」韻，每一句都是七個字。天庭裡葷素不拘，國臺語也行，英語嘜A通，請你參考提示完成詩句。

哥哥你真的好壞，
一心想把（　　　），【就是害我啦！】
你說安捏（　　　）？【臺語發音：可以嗎？】
一切金價（　　　），【臺語發音：幸好之意。】
平日寫詩（　　　），【平日我努力寫詩。】
看我輕鬆（　　　），【自有一套解決方法。】
七步完成（　　　），【寫成一首詩啦！】
其實心裡（　　　）。【心情無可如何啊！】
幸好老天（　　　），【老天有眼啦！】
留名千古（　　　），【讓我流芳萬世心情蓋好耶！】
眾人說（　　　），【流行的廣告臺詞。就是稱讚我是神人啦！】
那就跟我（　　　）！【英語，擊掌。】

★ 猿大仙的隱藏版參考答案
哥哥你真的好壞，一心想把（我來害），
你說安捏（甘野賽）？
一切金價（好加在），平日寫詩（不懈怠），
看我輕鬆（成一派），七步完成（一詩來），
其實心裡（好無奈）。
幸好老天（眼睛開），留名千古（好愉快），
眾人說（有神快拜），那就跟我（Give me five）！

遙想公瑾當年，小喬初嫁了，雄姿英發。
羽扇綸巾，談笑間，檣櫓灰飛煙滅。
故國神遊，多情應笑我，早生華髮。
人生如夢，一尊還酹江月。

★讓周瑜心存芥蒂的是哪一句？理由是什麼？

★哪幾句提到了諸葛亮？想像諸葛亮會對蘇東坡說什麼話？

---

3. 秦少游

秦少游是蘇東坡的學生，為何秦少游罔顧師生情誼不肯幫東坡說情？

---

4. 歐陽修

歐陽修欣賞蘇東坡所寫〈刑罰忠厚之至論〉，尤其是這句：「皋陶曰：『殺之！』三，堯曰：『宥之！』三。」但為何歐陽修也不幫蘇東坡解圍？

---

5. 陳季常

蘇東坡所寫〈定風波〉一文，最後幫他解套的是不請自來的陳季常。陳季常用了修辭學以解釋最有爭議的這一句詞：「一蓑煙雨任平生」。 陳季常是怎麼說的？你的看法又是如何？

★猿大仙的隱藏版說明

各自發揮，有憑有據、有理說得通即可，無標準答案。

★猿大仙的隱藏版答案

1.DOG 狗 2.CAT 貓 3.PEN 筆 4.ZOO 動物園 5.FLY 飛
6.CUP 杯子 7.JAM 果醬 8.SHY 害羞 9.INK 墨汁

第三趴 韓愈考考你

（ ）1. 韓愈寫〈祭鱷魚文〉的目的為何？
（1）建議民眾飢荒時可以捕捉鱷魚來吃（2）提醒朝廷和鱷魚一樣餓的民眾很多（3）警告民眾鱷魚繁殖太快要撲殺（4）暗諷當時禍國殃民的貪官汙吏

（ ）2. 「推敲」比喻為「思慮斟酌」，語出「鳥宿池邊樹，僧推／敲月下門」，這是哪一位詩人請教韓愈因而定稿的故事？
（1）李凝（2）賈島（3）王安石（4）劉禹錫

（ ）3. 劉禹錫的〈竹枝詞〉寫「楊柳青青江水平，聞郎江上踏歌聲。東邊日出西邊雨，道是無晴卻有晴」，這是表現什麼感情？
（1）少女曖昧情郎（2）妻子想念丈夫（3）母親盼望兒子返鄉（4）妹妹等待兄長歸來

（ ）4. 胡適年幼時因為天涼被要求多加件衣服，他一時得意說出「娘（涼）什麼！老子都不老子了」，這句話主要表現了哪一種修辭法？
（1）借代（2）層遞（3）倒反（4）諧音雙關

（ ）5. 明代有首山歌「不寫情詞不寫詩，一方素帕寄心知。心知接了顛倒看，橫也絲來豎也絲，這般心事有誰知？」這首詩中雙關的對應是什麼？
（1）詞一辭（2）絲一思（3）詩一師（4）帕一怕

★猿大仙的隱藏版答案

1.（4） 2.（2） 3.（1） 4.（4） 5.（2）

第二趴 蘇東坡考考你

(　) 1. 蘇東坡因為〈定風波〉引起風波，猿大仙說要找三個人來仲裁，人數由來是根據哪一個寓言故事？（1）續玄怪錄（2）中山狼傳（3）酉陽雜俎（4）河東記

(　) 2. 蘇東坡在住持寺院留下墨寶──「坐，請坐，請上坐；茶，敬茶，敬香茶」，蘇東坡看待住持的心意如何？（1）衷心感謝住持熱情招待（2）暗諷住持勢利看人（3）建議住持喝茶品茗（4）提醒住持招待他入坐

(　) 3. 蘇東坡寫自己妹妹的外貌，說她「未出庭前三五步，額頭先到畫堂前；幾回拭淚深難到，留得汪汪兩道泉」，由詩句可以推論蘇妹子的長相如何？（1）小嘴巴膚色白（2）大眼睛濃眉毛（3）鼻梁挺眼珠黑（4）高額頭深眼窩

(　) 4. 蘇東坡寫「龍丘居士亦可憐，談空說有夜不眠。忽聞河東獅子吼，拄杖落手心茫然」，龍丘居士就是蘇東坡的好朋友陳季常。由詩句可以推論成語「季常之癖」是什麼意思？（1）妻子敬重丈夫（2）先生怕老婆（3）夫妻感情和諧（4）丈夫常常毆打妻子

(　) 5. 歐陽修有件事對蘇東坡過意不去，那便是在主持考試時為了避嫌，一不小心讓蘇東坡屈居第二，當時狀元是誰？（1）曾鞏（2）程顥（3）張載（4）曾布

★猿大仙的隱藏版答案

1.（2） 2.（2） 3.（4） 4.（2） 5.（1）

第三站：韓愈的Chat Gpt

第一趴 庭逛街趣

跟著「異口同聲小仙子」和「一字多義小星君」來逛逛天庭店鋪商家，這些店家專櫃都是以諧音諧義方式命名，寫出諧音前正確的成語及你所理解的諧義解釋。（舉例請看鐘錶店）

	店鋪名稱	雙關	備註
1	一錶人才	一表人才	鐘錶店
	解釋：買我的錶、戴上我的錶，就會更加相貌俊秀，儀態翩翩啦！		
2	衣衣不捨		服飾店
3	童心鞋力		童鞋專櫃
4	衣乾二淨		洗衣店
5	呼朋影伴		影城
6	麵麵俱到		麵食館
7	醉大餓極		小吃部
8	冰冰有禮		冰城飲料店
9	聲聲不息		KTV
10	金生金飾		金飾專櫃

★猿大仙的隱藏版答案

1.一表人才 2.依依不捨 3.同心協力 4.一乾二淨 5.呼朋引伴
6.面面俱到 7.罪大惡極 8.彬彬有禮 9.生生不息 10.今生今世

★猿大仙大聲公：諧義各自發揮、有理說得通即可，無標準答案。

第二趴 英語臺語一家親

志工阿嬤好厲害，用臺語發音學英文字母。以下請你根據志工阿嬤的臺語，寫出這是什麼英文單字？（都是三個字母的單字）

	字母 1	字母 2	字母 3	英文本人	中文翻譯
1	豬	黑	荔枝	DOG	狗
2	薑絲	推來推去	剃頭髮		
3	晒衣服	醫生	英俊		
4	按開關	天黑黑	天黑黑		
5	沒遲到	漏水	歪嘴雞吃好米		
6	蘿蔔絲	游土腳 (地板)	晾衣服		
7	這是什麼	推倒	拿錯了		
8	沒喘氣會死	乎累累媒人的嘴	歪嘴雞吃好米		
9	悲哀	翻倒	人客		